LIGURIA IN GIALLO

II SERIE

1

Il nostro indirizzo internet è:
http://www.frillieditori.com
info@frillieditori.com

EDITING

RENZO TEBANO

LAYOUT COPERTINA

SARA CHIARA

IMPAGINAZIONE

ESTER FERETTO

EDIZIONE PRECEDENTE

*Omicidio agli Erzelli*

Fratelli Frilli Editori, I Tascabili, 2005 (II ed.)



Via Priaruggia 31/1 - Genova - Tel. 0103074224 - 0103772846

**ISBN** 88-7563-199-9

*Andrea Casazza*
*Max Mauceri*

# Omicidio agli Erzelli

FRATELLI FRILLI EDITORI

# I

*La scala che conduce alla gloria ha alcuni gradini sbreccati. Saltali! Non ci sono alternative. Più che mai ora, che so di aver raggiunto la meta, ne sono convinto. Non potevo e non dovevo fermarmi! Troppa fatica mi era costato salire fin dove ero arrivato. Milioni di gradini, miliardi di ore tese a quell'unico obiettivo: uscire dalla banalità. Poi, d'improvviso, sulla mia strada un gradino sbreccato. La possibilità di scivolare. Di cadere. Di precipitare.*

*No, commissario! Non potevo accettarlo. E se per un solo momento lei potesse entrare nel mio animo e leggere in un soffio tutto il mio passato, lo capirebbe. No! Precipitare nel baratro dell'inutilità a quel punto sarebbe stato come morire.*

*Mi sono difeso. Ecco cosa ho fatto. L'ho saltato sì, quel maledetto gradino sbreccato. E se c'è un colpevole in tutta questa storia è colui che mi ha giocato questo brutto scherzo: il caso. Il caso che in una notte d'estate mi è venuto a tentare e mi ha perduto.*

## II

Il momento più duro non è quando suona la sveglia. È pochi minuti dopo, quando le cellule cerebrali, appena deste, devono lavorare sodo per farti alzare; per convincerti ad abbandonare il dolce tepore del lenzuolo ben avvolto attorno alla gola e attorcigliato al corpo in un abbraccio più che sensuale: dolce. Giulio sapeva bene che quell'eterno conflitto sarebbe stato risolto, come sempre tragicamente: e cioè che alla fine si sarebbe alzato. Che avrebbe imprecato, maledetto il mondo intero e perfino bestemmiato, ma che alla fine avrebbe dato un calcio alle coperte e si sarebbe scaraventato come ogni mattina in bagno.

– Toh, è una bella giornata!

Almeno così sembrava dalle sottili strisce di luce che filtravano dalle tapparelle. Magra consolazione. Lo specchio del bagno gli restituì un'immagine poco raccomandabile: i capelli arruffati che ormai tendevano lentamente ma inevitabilmente al grigio; le occhiaie profonde di chi non riposa mai abbastanza; le pupille ridotte a due pallini neri, fissi. Spenti. Di lì a qualche mese Giulio avrebbe compiuto quarant'anni. Il pensiero gli passò per la mente come un lampo. E per tutta risposta estrasse fuori di colpo la lingua facendo una smorfia di scherno alla sua immagine. Che colpa ne aveva se, nonostante l'anagrafe, lui si sentiva ancora un ragazzino? Sì, d'accordo: il fisico non era più quello di una volta. Aveva perso in agilità e, oltre ai capelli che stavano diventando grigi, c'erano anche le rughe che incombevano. Com'era passato in fretta il tempo! Tanto in fretta che lui non si sentiva affatto cresciuto e che gli capitava spesso di trattare da adulto persone che magari avevano tre o quattro anni meno di lui. E la smorfia si trasformò in un sorriso.

Un sorriso che si spense allo squillo del telefono.

– Pronto?

– Giulio, sei tu?

– Dimmi, Giorgio, mi hai beccato per miracolo. Stavo uscendo.

Era, ovviamente, una balla clamorosa. Ma tutte le volte che il capocronista lo chiamava a casa, lui, per istinto, giocava il ruolo del superattivo, di quello sempre pronto, sempre in azione. Non era, forse, anche quello un atteggiamento un po' infantile?

– Allora fiondati come un razzo a Campo dei Fiori, disse Giorgio. Poco fa hanno trovato una prostituta assassinata... Come dici?... No, non sembra il solito regolamento di conti. C'è aria di maniaco. E poi pare che lei fosse una delle puttane più quotate di Roma. Ci abitava, a Campo dei Fiori. Pare fosse una da cinquecento euro a botta e solo per una sveltina. Altrimenti il prezzo saliva, saliva... Vabbè, è inutile che ti racconti io. Il cronista sei tu. Vai di corsa, il fotografo dovrebbe già essere là.

Il cadavere di Marianne Faraday, 26 anni, un viso da adolescente su un corpo da indurre in tentazione un frate trappista, era ancora là dove l'avevano trovato. Nudo, steso bocconi sul letto da una piazza e mezzo, con gambe e braccia legate saldamente ai quattro montanti con altrettanti pezzi di corda da marinaio. I lunghi capelli biondi scompigliati sulla nuca impedivano di scorgere i contorni laterali del volto affondato nelle coltri. La camera, arredata con un letto d'ottone, un armadio di fine Ottocento e una brocca smaltata poggiata su un trespolo in ferro battuto davanti alla finestra, rivelava buon gusto. E soprattutto una notevole possibilità finanziaria. Giulio ricordava di aver visto, pochi giorni prima, un armadio simile in un negozio del centro: così, per curiosità aveva chiesto il prezzo.

– Costa seimila euro, gli aveva detto untuosamente l'antiquario, ma per lei, dottor Leonardi, possiamo fare un prezzo d'eccezione: per cinquemila è suo. Trasporto compreso.

In giro non c'erano tracce di violenza. Ma, guardando più attentamente, non si poteva escludere che il ladro avesse aperto armadi e cassetti. Piccoli indizi, come per esempio un lembo di asciugamano che spuntava da uno sportello o un fazzoletto caduto per terra, tradivano una perquisizione accurata dell'appartamento. Il lavoro di un quasi professionista.

– L'hanno strangolata?

Chiese Giulio che, nonostante si occupasse di cronaca nera per il suo giornale da quasi quindici anni, non aveva il gusto morboso di chi va a esaminare i cadaveri troppo da vicino. Luciano Roversi, il capo della squadra omicidi, si voltò di scatto.

– Chi ti ha fatto entrare?

– Cappuccetto rosso.

Il commissario imprecò.

– Sempre così! Non si può mai lavorare in pace che arrivano subito i giornalisti tra i piedi.

– L'hanno strangolata?

Roversi abbozzò un sorriso, rassegnato.

– Non lo so. Finché non arrivano la scientifica e il medico legale io non tocco niente. L'ultima volta avevo voltato il morto, così per vederlo in faccia. E al processo il pubblico ministero ha fondato tutta la sua requisitoria sul fatto che il cadavere era stato trovato supino. Quando gli ho spiegato che si sbagliava, che l'avevo girato io, è scoppiato un casino dell'altro mondo. Lui ci ha fatto una figura di merda, l'assassino è stato assolto e io ho rischiato una denuncia. Regolamento, mio caro! Il regolamento innanzitutto! Lascia scappare pure l'assassino: non importa. L'importante è seguire le regole, non sgarrare.

La lunga tirata di Roversi fece sorridere il dottor Caverna, il medico legale che proprio in quel momento aveva fatto il suo ingresso insieme a quelli della scientifica. Ci volle una mezz'ora buona per scattare fotografie e rilevare le impronte attorno al cadavere. Poi Caverna cominciò a sciogliere i nodi che legavano Marianne Faraday al letto. Mentre il medico spostava il corpo, Giulio arretrò di qualche metro per lasciar passare altri agenti di polizia. Ed era proprio sull'uscio della camera quando udì Roversi imprecare.

– Cristo! L'hanno sbudellata! L'hanno accoltellata alla pancia!

– Allora non l'hanno strangolata, intervenne Giulio.

– Magari!

Ribatté quasi col magone il commissario.

– Avremmo concluso che è stato un maniaco. E invece...

– Ma perché? Non può essere stato un maniaco ad averla accoltellata?

Il capo della Mobile gli piantò gli occhi addosso. Serio. Riflessivo. Senza vederlo, rispose.

– Sì! Ma qualcosa mi dice che non è stato un pazzo. Perché... Vedi: un pazzo l'avrebbe convinta a farsi legare al letto magari per fare qualche gioco erotico. E poi l'avrebbe uccisa. Invece questa povera donna è stata "prima" uccisa e poi legata. Perché sfido chiunque, nella posizione in cui l'abbiano trovata, ad accoltellarla all'addome. E allora: se ad ammazzarla è stato un pazzo, e se lei era libera, perché non ha reagito? Non ci sono segni di lotta né sul corpo né qui intorno. No, caro mio. Ne sono quasi sicuro: la vittima conosceva l'assassino molto bene e si fidava di lui.

## III

*Sì, signor commissario. Marianne si fidava di me. Perché non avrebbe dovuto? La conoscevo, io, Marianne. La conoscevo molto bene. Perché vede: nessuno può dire di conoscere meglio un essere umano di chi lo uccide. Gli istanti che precedono la morte sono di un'intimità devastante. Chi uccide coglie, della sua vittima, gli ultimi fremiti di vita. Ne annusa la paura. Non c'è nudità così totale come quella di chi sta per morire.*

*Lei si chiede se Marianne si è difesa? No! Marianne ha accettato la morte con l'ardore sommesso dell'incoscienza. Forse me lo sono immaginato, ma direi che ha guardato la lama del coltello come per specchiarsi. Era nuda, completamente nuda. Bellissima. Forse non è mai stata così bella. Forse lei stessa non si è mai vista così bella come in quell'immagine riflessa dall'acciaio lucido.*

*Anch'io ero nudo. E non solo degli abiti di cui mi ero liberato entrando in quella casa. Ero libero, pulito, infantile. Non si stupisca, commissario. Mi sentivo puro, e Marianne deve averlo capito perché ha accolto il fendente mortale come in un abbraccio. Non ha detto niente. Non ha neppure gridato. Il coltello è penetrato nella sua carne senza fare resistenza. Commissario, ha mai sentito il rumore di una lama che entra in un corpo vivo? È un sibilo sottile, una lacerazione dolce, un suono acquoso. Come il rumore provocato da una pietra che cade in uno stagno.*

*Il suo ultimo respiro è stato coperto dal clacson di un'auto, giù in strada. L'avevo uccisa. Avevo dovuto ucciderla. Forse lei non mi crederà, commissario, ma ho capito che era stato inutile nel momento stesso in cui ho estratto il coltello di tasca. Ho avuto la certezza che ormai tutto era perduto. Che la mia vita, in ogni caso, era giunta a un bivio. Definitivo. Eppure non mi sono fermato.*

## IV

Simona Ottonello capì subito che era successo qualcosa. Prima ancora di mettere piede nell'atrio della questura, mentre attraversava la strada, aveva notato un insolito via vai di agenti attraverso le finestre del terzo piano, quello riservato alla squadra mobile. E prima ancora di entrare nel suo ufficio, Giovanni Caputo, il piantone, quasi un'istituzione alla Mobile genovese, le comunicò che il grande capo voleva vederla. Subito.

– Gli dica che vado immediatamente. Il tempo di togliermi il cappotto.

Simona aveva appena 29 anni, il grado di commissario di polizia e tanta voglia di rendersi utile. E poi era al suo primo incarico davvero importante. Subito dopo la scuola di Formia era stata inviata a far pratica al commissariato di Latina. Per sei mesi aveva firmato passaporti, porto d'armi e licenze varie. «Per imparare serve tutto», continuava a ripetersi. Ma proprio non ci si vedeva in quel ruolo di burocrate. Non che Simona fosse una fanatica dell'azione a tutti i costi, per carità. Anzi, la pistola d'ordinanza che doveva portare sempre in borsa le dava un fastidio tremendo e sempre più spesso, contravvenendo al regolamento, la lasciava in ufficio. Ma sperare in qualcosa di più che timbrare passaporti le sembrava legittimo. «Altrimenti che differenza c'è tra fare il poliziotto e l'impiegato dell'INPS?», si chiedeva sempre più spesso negli ultimi mesi trascorsi a Latina.

Poi l'avevano mandata a Milano, alla squadra volanti. E il tempo dell'azione era venuto. Di quel periodo non avrebbe mai più dimenticato gli interminabili pattuglioni notturni a parco Lambro, alla stazione Centrale e dintorni, nelle grigie strade di periferia. Davanti ai suoi occhi erano passati manigoldi di ogni genere, spacciatori, magnaccia, ladri e violenti. Ma anche tanta povera gente: prostitute e viados dagli occhi spenti, ormai incapaci di sorridere, tossici, ragazze e ragazzi, ridotti a larve umane, terzomondiali impauriti e affamati che si aggiravano disperati rovistando nei bidoni dell'immondizia per trovare, tra gli avanzi della società del benessere, di che sopravvivere. Chissà perché, nella notte, gli occhi della gente di colore sembrano più grandi e luminosi di quelli dei bianchi?

Pensava a queste cose Simona mentre percorreva i pochi metri che la separavano dall'ufficio del dirigente della squadra mobile. Già, perché dopo Milano, era arrivato un altro trasferimento: alla squadra mobile di Genova, col ruolo di funzionario addetto alla sezione reati contro la persona.

Il vicequestore Gianfranco Bardi la ricevette con un sorriso che si spense non appena le sue mani corsero al fascicolo che aveva sulla scrivania.

– Voglio affidarti il caso Turci. Giovanna Turci è una ragazza di diciassette anni. È scomparsa da casa. Doveva tornare a cena per le 19 e invece è sparita nel nulla. I genitori hanno atteso fino a mezzanotte. Nel frattempo l'hanno cercata a casa di una compagna di scuola dove aveva trascorso il pomeriggio, hanno interpellato tutti i parenti e gli amici. Poi sono venuti a fare denuncia.

Bardi prese fiato. Poi continuò, con fare distaccato, stanco.

– Sì, lo so cosa pensi. È vero: potrebbe essere una scappatella, una ragazzata. Ma i Turci non sono gente qualunque. Renato Turci, il padre, è ingegnere progettista all'Elsag. Pare si occupi del settore militare, di sistemi di puntamento. Annalisa Cherchi De Morsay, la madre, è l'ereditiera di una nobile famiglia dell'alta Savoia. E ha tanti soldi che noi due messi insieme non riusciremmo neppure a immaginare. Questo rende tutto sospetto.

Il vicequestore aspirò un lungo tiro dal suo toscano. Poi, corrucciato, continuò.

– E soprattutto ci impone di lavorare con molta discrezione. Capito cosa intendo dire? Vai, interroga, ascolta, accerta... fai tutto quello che devi fare. Ma con cautela. La stampa, ovviamente, non sa ancora nulla. E per il momento non è il caso di farglielo sapere. Buon lavoro.

Finita la lunga tirata, sul viso di Bardi tornò il sorriso. Simona avrebbe voluto dire qualcosa, chiedere consigli. Ma non ne ebbe il coraggio. Si limitò a prendere il fascicolo sotto il braccio e a tornare nel suo ufficio. Senza sapere che, proprio in quel momento, gli agenti della volante Cornigliano stavano chiamando via radio la centrale operativa della questura: per comunicare che, durante un giro di ispezione sulla spianata degli Erzelli, una vasta area sulle alture della città utilizzata come autoparco per i bisonti della strada, avevano trovato il corpo straziato di una ragazza adolescente. Qualcuno, un bruto sicuramente, l'aveva attirata dietro il rimorchio di un camion per strangolarla. Ma prima, forse, l'aveva violentata. La ragazza, infatti, aveva la camicetta strappata, la gonna alzata ed era senza mutande. Quella ragazza era Giovanna Turci.

# V

– Fuori! Vattene fuori! Ti ho già detto di non farti più vedere.

Nell'ingresso della sua trattoria, Mario era alle prese con un nordafricano più cocciuto degli altri. Un tipo alto, magro, col naso schiacciato e la rassegnazione dipinta negli occhi. Giulio si scansò per lasciarlo passare. Paolo, invece, impugnò la macchina fotografica. Un clic rapido, professionale, a fissare l'immagine di quello spilungone nero con addosso una giacca troppo leggera per quella giornata di gennaio.

– Che succede, Mario? Sei diventato razzista?

– Dottor Leonardi, chi si vede... Ma che fa il suo fotografo? Non mi metterete mica sul giornale... Io non ce l'ho con i negri. Solo che ne vengono dieci al giorno. I primi li faccio anche entrare... ma poi non ne posso più. E soprattutto non ne possono più i clienti. La gente viene qui per mangiare, mica per comprare calzini o fazzoletti. Ma entri, entri... il suo tavolo è libero. Oggi c'è un'amatriciana che fa resuscitare i morti. E poi c'è il solito abbacchio...

– ...Cioè sempre lo stesso che mi fai mangiare da dieci anni. Cribbio se era grossa quella bestia!

– Ma no, no. Lei scherza sempre.

Il "suo" tavolo. Cioè quello in fondo alla sala, con la panca ad angolo coperta da cuscini sempre più sottili e senza colore. Quello vicino alla cucina, dalla quale mille aromi confusi uscivano come una cascata e un calore umido avvolgeva come una cappa piatti e bicchieri. Ma era il tavolo più tranquillo. Quello dal quale si aveva una vista completa di tutto il locale. Che non è cosa da poco per chi è abituato a mangiare da solo. E poi, proprio sopra quel tavolo, c'era lui: *Il pollo*, straordinaria natura morta che Oscar Ghiglia aveva dipinto nel 1910. Una riproduzione, certo. Ma splendida anche così. "Autentica" nell'esaltare le potenzialità espressive delle superfici; da quelle smaltate della casseruola, del piatto e della brocca, a quelle più ruvide dei pomodori e dei limoni, sino alla gelida rigidità del pollo spennato: la cresta arancione spalmata sulla tovaglia di lino grezzo, le zampe accavallate come quelle di un dormiente. Un'immagine raggelante di terribile, immediato effetto, esaltata ancor più dai contrasti cromatici del rosso, del giallo, dell'azzurro. Una festa di colori per circondare la morte. Una vera passione per Giulio. Ritrovare quel quadro sopra il tavolo del ristorante lo faceva sentire a casa.

Per Paolo, invece, sentirsi a casa voleva dire sgranocchiare grissini, focaccine, pane, tutto quello che gli capitava a tiro. E Giulio sorrise.

– Allora, Paolo. Tra un grissino e l'altro dimmi un po' cosa ne sai di questa Marianne Faraday. Mi hai detto che la conoscevi, no? O era una delle tue solite balle.

– Senti un po', sapientone. Tu che cosa hai saputo dai vicini di casa?

Paolo si era offeso. Giulio l'aveva capito da come aveva addentato un pezzo di focaccia di patate che il cameriere aveva posato sul tavolo in un vassoio accanto al fiasco di rosso. Ed era sempre così, Paolo. Incazzoso e suscettibile come un bambino. Ma come fotografo non ce n'erano altri. Conosceva i "tempi" della cronaca nera. Il suo clic arrivava sempre al momento giusto. Mai prima, mai un istante dopo. E sapeva, anche, sempre tutto di tutti. A parlare con lui Roma sembrava un paese. E anche quella mattina lo aveva sorpreso: era appena arrivato a Campo dei Fiori, stava ancora lottando con il solito poliziotto alle prime armi che non voleva farlo salire, che Paolo lo chiamava dalla finestra del terzo piano. Così, semplicemente, come se fosse stato del tutto naturale che lui fosse già lì.

– Dai, Paolo, non farti pregare... Lo sai che scherzo!

Paolo sorrise soddisfatto, e inforcando una ciclopica forchettata di amatriciana, cominciò ad emettere dei suoni. Che, una volta inghiottiti gli spaghetti, diventarono parole.

– A... a o... o... e... vo!

– Eh?

– La conoscevo.

Paolo dosava le sue informazioni come il più incallito dei cronisti di nera.

– Che cosa vuoi sapere? Quanto prendeva? Cinquecento euro a botta o giù di lì. Ma senza pernottamento o cose strane. Per quelle c'era il supplemento. E dire che quando era arrivata a Roma sembrava una ragazzina di buona famiglia. Il cinema, voleva fare. Ma si vede che era destino: l'unica parte che ha avuto è stata quella di comparsa-puttana in un film poliziesco di un registucolo alle prime armi che se l'è anche portata a letto. E tutto questo grazie all'avvocato...

– Che avvocato?

Mario arrivò con l'abbacchio fumante. E Paolo, impegnatissimo a prosciugare un bicchiere di rosso, lanciò al piatto un'occhiata languida. Tanto che riuscì a macchiarsi la camicia col vino. Giulio sapeva che avrebbe dovuto aspettare: almeno fino a quando il fotografo non avesse ingurgitato buona parte della sua porzione.

Nel frattempo il locale si era andato svuotando. E solo in quel momento Giulio scorse, all'altro lato della sala, Gianluca De Mainardi. Il direttore d'orchestra lo stava guardando sorridendo, come se avesse capito la strana scaramuccia tra il cronista e il suo fotografo, complice l'abbacchio. Giulio lo salutò alzando una mano. Pensò all'ultima volta che lo aveva visto dirigere all'Opera di Roma. Una potenza! Quanta strada aveva fatto da quando lo aveva conosciuto, dieci anni prima. Allora era uno dei tanti, un maestro sostituto a Santa Cecilia con due sole certezze nella vita: uno stipendio da bancario prosciugato dalla malattia della madre inferma da anni e una grande voglia di sfondare. E ce l'aveva fatta, perdio. Grazie a una volontà di ferro come Giulio non aveva mai più riscontrato in nessun altro e una sensibilità musicale finissima. Una totale comprensione dell'armonia e dei suoi segreti più nascosti che gli consentiva di far risaltare particolari inediti anche nelle partiture più conosciute e famose. De Mainardi, ora, stava dirigendo *Traviata*. Il critico del suo giornale gliene aveva detto mirabilie. Doveva trovare il tempo per andarci.

– L'avvocato? Beh, almeno quello lo conosci. E se non conosci lui conosci suo padre.

Paolo, finalmente pago, era uscito dalla catalessi da cibo. E finalmente aveva ritrovato la parola.

– È Paolo Meschieri, una quarantina d'anni di bella vita. Almeno fino a quando suo padre non è finito nei guai.

– Ma chi dici? Mica Giovanni Meschieri l'onorevole DC, quello dello scandalo dei palazzi popolari alla Magliana?

– Proprio lui! È stato suo figlio a lanciare Marianne nel cinema. E poi è diventato il suo amico del cuore, l'unica sua relazione fissa. E gratis... Dicono che l'abbia conosciuta appena arrivata in Italia nello studio fotografico di un mio amico dove lei posava per dei provini. Un colpo di fulmine... Sai che lui ha un'agenzia immobiliare? No, eh? Lo supponevo. Ma dove vivete voi cronisti?

– Non sono mica un puttaniere come te...

– E cosa c'entrano le puttane con le case? Perché Meschieri a Marianne ha trovato casa... Anzi: due case. Quella dove abitava a Campo dei Fiori, e un'altra dove esercitava. E lo ha fatto, tienti forte, contravvenendo a tutte le regole familiari: senza guadagnarci una lira. Una bella scuffia, s'era preso. Ma questo succedeva un paio di anni fa. Non so se adesso continuavano a vedersi come prima.

– E di lei, invece, cosa sai ancora?

– Che in fondo era una brava crista. Del resto lo sai come la penso: di puttane c'è piena Roma. Almeno Marianne lo faceva per lavoro e i clienti se li sceglieva: ricchi. Per il resto so quello che sai tu: che aveva 26 anni, che era nata a Birmingham e che era orfana. Ah, a proposito. Qualcuno mi ha detto che aveva anche una sorella più piccola arrivata in Italia dopo di lei. Ma non abita a Roma. Anzi, non ci abitava perché deve essere morta l'anno scorso. Droga, mi hanno detto.

L'orologio sul muro segnava le tre e mezza passate. Mario aveva già scrollato fuori dalla porta le tovaglie e stava preparando i tavoli per la sera. Il cuoco aveva finalmento spento i fornelli e, appoggiato allo stipite della porta del locale, stava fumandosi una sigaretta. A pochi metri da lui, appoggiato a un albero di piazza Cesarini Sforza, lo spilungone nero stava finendo di mangiarc un panino. Per lui, il mondo in cui aveva vissuto Marianne Faraday, era addirittura inimmaginabile.

## VI

Il fumo saliva. Bianco, solenne, dalla ciminiera dell'acciaieria. E pareva volesse bucare il cielo. Ma c'era un punto, lassù, che sembrava bloccarlo. Un punto preciso, sempre lo stesso. Come se il cielo, a quell'altezza, fosse chiuso da una calotta trasparente. Era proprio lì che il fumo bianco rallentava improvvisamente, allargandosi. Per poi ricadere come una cascata oleosa su tutto e tutti. Case, strade, e quei pochi alberi scampati a una industrializzazione selvaggia che aveva fatto di una spiaggia assolata una periferia grigia immersa in un cimitero di industrie, risultavano costantemente coperti da una patina caligginosa che ne offuscava i colori, smorzandone i toni.

Simona non vi si era ancora abituata. Tutte le volte che passava da Cornigliano rimaneva come inebetita davanti a quel fumo bianco e puzzolente che inondava il cielo. Era come se, solo a guardarlo, lo sentisse bruciare acre nella gola. E anche quella mattina ebbe la medesima sensazione mentre l'auto, lampeggiante acceso, si arrampicava sulla collina degli Erzelli. Da lassù, poi, quel senso di oppressione che gravava sulle case in basso era ancora più palpabile.

Perché in quel pianoro desolato che si chiama Erzelli gli unici colori erano quelli dei container e dei camion parcheggiati ovunque, alla rinfusa, come se un architetto dissennato si fosse divertito a dividere gli spazi senza alcuna logica. Colori illividiti dalla polvere incrostata che sembravano in procinto di affondare nel mare di sterpaglie e di fango che copriva l'intero piazzale; un inferno metropolitano dove pozzanghere, che non riuscivano mai ad asciugarsi completamente da un acquazzone all'altro, rispecchiavano ancora una volta quel cielo affumato.

Il cadavere di Giovana Turci era là. Sdraiato supino, con la testa appoggiata all'enorme ruota di un semirimorchio. Una mano affondata in una pozza melmosa, l'altra sollevata. Irrigidita dalla morte in un gesto da avanspettacolo, come se lei stessa volesse presentare la scena. E dire: «Eccolo, questo palcoscenico da burla! Qui ho vissuto i miei diciassette anni». Le gambe, invece, erano divaricate, la gonna sollevata fino all'inguine. E la camicetta, una camicetta bianca di pizzo, appariva come un urlo d'orrore, come una nota stridente di violino in una sonata di Weber.

Simona non riuscì subito a sollevare lo sguardo sul viso della ragazza. Un viso tumefatto per i colpi. E fu piacevolmente colpita dalla delicatezza con cui l'ispettore D'Elia del commissariato di zona si chinò ad allentare la corda da marinaio che stringeva la gola di Giovanna Turci. Un gesto quasi inaspettato in un uomo che, nella sua carriera ormai quasi trentennale, ne aveva viste di tutti i colori.

– È morta strangolata! – disse D'Elia nel silenzio generale.

Poi, accorgendosi della presenza di Simona, arretrò di qualche passo, come a darle la precedenza.

– L'hanno avvisata, dottoressa? Una cosa tremenda! Ha solo diciassette anni... L'hanno strangolata. Ma prima, forse...

D'Elia non terminò la frase ma non c'era bisogno di dire altro. Simona si fece infine coraggio e si chinò accanto a quel corpo inerte che sembrava un burattino disarticolato. Notò i collant strappati e, tra le pieghe della gonna, il pube nudo. Notò anche due unghie della mano destra spezzate.

D'Elia, ritto alle sue spalle, fece la sintesi di quello che tutti i poliziotti presenti avevano pensato seguendo lo sguardo di Simona.

– Si è difesa... Almeno ci ha provato.

La voce del commissario risuonò debolmente.

– Come l'avete trovata?

– Ci ha telefonato un camionista francese. Un certo André D'Ambroise di Marsiglia che stamattina è salito quassù per caricare un container... Lo abbiamo già interrogato, non c'entra niente. Comunque l'ho fatto accompagnare in ufficio per il verbale. Due ragazzi stanno anche controllando il suo alibi: pare che ieri non si sentisse bene e sia entrato in albergo alle nove di sera per uscirne solo stamattina.

Simona fece di sì col capo.

– Come avete scoperto chi è? Avete trovato la borsa... i documenti?

– Non ancora. Pare non avesse borsa... almeno per ora non ne abbiamo trovato qui intorno.

Poi, avvicinandosi al cadavere, D'Elia indicò il collo della ragazza.

– Il nome è scritto sul ciondolo della catenina. C'è anche la data di nascita: Giovanna Turci, 4 marzo 1987. Abbiamo telefonato all'operativo e ci hanno detto che era scomparsa da ieri. Il vicequestore Bardi mi ha fatto sapere di aver già avvisato il padre che sta venendo qui.

L'uomo scese dalla Mercedes blu che nessuno aveva sentito arrivare. Era un tipo alto, piuttosto magro, i capelli macchiati di bianco. Indossava un abito grigio, di quelli che bastava guardarli per capire che erano di sartoria. Si avvicinò a passi lenti ma sicuri e attraversò il capannello dei poliziotti come di slancio, senza che nessuno si facesse avanti per fermarlo. Arrivò quasi d'improvviso alle spalle di Simona ancora china sul cadavere della ragazza e restò immobile. Per alcuni istanti non disse assolutamente nulla. Poi, di colpo:

– È lei! È mia figlia!

Renato Turci distolse lo sguardo dal corpo inerte. Girò su se stesso e si allontanò di qualche passo. Non una lacrima. Non un gesto scomposto. Ma chi, tra i presenti, poté osservare i muscoli del suo viso che cominciarono a tremare sotto la pelle, si rese conto dello sforzo enorme che l'uomo faceva per controllarsi. Simona e l'ispettore D'Elia si guardarono per un istante. Poi raggiunsero Renato Turci accanto alla Mercedes.

– Lei è il padre? – chiese Simona rendendosi subito conto dell'assurdità della domanda. Tossicchiò quasi a riprendere coraggio.

– Mi scusi... Lei mi capirà. Dovrebbe rispondere a qualche domanda. Se preferisce possiamo andare in questura, nel mio ufficio. Se non se la sente di guidare la faccio accompagnare.

Renato Turci squadrò Simona in volto per la prima volta. Ma fu come se non la vedesse. Come se non avesse neppure sentito quello che gli aveva detto. Tornò indietro, invece. Quasi a trovare una conferma di quello che sapeva già troppo bene. Restò immobile ancora una volta davanti al cadavere della figlia. E solo dopo due interminabili minuti durante i quali tutti gli agenti si allontanarono raggiunse Simona.

– La seguo.

– È sicuro di essere in grado di guidare?

– Non si preoccupi. La seguo. Ma facciamo in fretta, devo anche avvisare mia moglie. Non voglio che lo sappia dalla televisione.

Renato Turci si sistemò alla guida della sua potente auto, mise in moto e si allontanò sollevando una nuvola di polvere. Simona fece cenno al suo autista di raggiungerla e dopo pochi secondi si mise sulla scia della Mercedes.

Solo mezz'ora più tardi l'ispettore D'Elia trovò la borsa di

Giovanna Turci. Era ad almeno centocinquanta metri dal cadavere, semiaffogata in una pozzanghera, nascosta dai rovi, dove quasi certamente l'assassino l'aveva gettata.

# VII

*La borsa! La borsa di quella piccola, insignificante ragazzina bene! Avevo rischiato di dimenticarmela sulla macchina. Lei l'aveva gettata dietro con noncuranza. Con un sorriso invitante quando mi si era seduta accanto. Era allegra, felice, la piccola Giovanna quella notte. Sapeva di me? No! Non sapeva nulla. Non poteva sapere. Era stato facile abbordarla nella penombra rotta dai lampi al laser della discoteca. Facile, convincerla ad uscire senza farsi vedere. Non ricordo nemmeno più con quale scusa. Ero tranquillo, sereno. Invincibile.*

*La borsa. Avrei fatto meglio a tenerla con me, a gettarla nel primo bidone della spazzatura, giù dagli Erzelli. Avrei guadagnato tempo. Forse, chissà: sarei riuscito a farla franca. Non nasconda, commissario, che questa mia ingenuità le sta facilitando il compito. E, non si stupisca, non mi dispiace. Sono io ad avere iniziato questo gioco. E ogni gioco deve finire. Ma sappia fin d'ora che sarò io a decidere quando e dove.*

*Le borse delle donne. Mi hanno sempre incuriosito le borse delle donne. Sin da bambino, quando mi nascondevo in camera di mia madre a curiosare dentro la sua. C'era un'odore indimenticabile, commissario, in quella borsa. Di rossetto, di cipria e di cuoio. C'erano tesori di ogni tipo: matite per il trucco, portapastiglie d'argento, fazzoletti intrisi di profumo e umori. C'era l'essenza della femminilità. Forse era destino che fossero proprio le borse a segnare la mia sconfitta. Perché le donne non le ho mai capite. Chissà, prima che il gioco finisca, se riuscirò a capire lei.*

## VIII

Il carabiniere di guardia, infagottato in un giubbotto di almeno due misure più grandi, aveva fermato una macchina di turisti tedeschi che era finita lì chissa come. L'uomo al volante, un tipo di mezza età, con tanto di pizzo rossastro e capelli tagliati a spazzola, "da tedesco", sproloquiava senza un attimo di sosta nella sua lingua madre. Diceva, almeno così sembrava, che lì c'era arrivato per via dei cartelli e che non era colpa sua se i cartelli erano stati messi all'italiana. Esigeva, almeno così sembrava, che il carabiniere lo facesse passare. E il poveraccio di guardia, che normalmente si esprimeva in sardo stretto e che solo per necessità cedeva alle italiche dolcezze, si affidava solo a due strumenti: un ampio gesto della mano destra, a significare "circolare", e il dito indice della mano sinistra puntato nella direzione da prendere per togliersi dai piedi.

Giulio attraversò la piazza e si diresse verso il portone che gli aveva indicato Paolo. Entrò e si lasciò alle spalle il carabiniere, il tedesco e il brulichio cosmopolita che alle quattro del pomeriggio affollava piazza San Lorenzo in Lucina, a due passi dal Parlamento. Lo studio di Paolo Meschieri, l'avvocato, la dominava: da una mansarda, come semplicemente la chiamavano coloro che abitavano in quel palazzo patrizio della vecchia Roma; da uno splendido attico, come doveva apparire ai turisti quell'ultimo piano circondato da rampicanti e bouganville.

– Desidera?

Perfino la portinaia sembrava una signora dell'alta società. Sessant'anni ben portati, uno chemisier di lana arricchito da una spilla, la permanente impeccabile.

Giulio le sorrise amichevole.

– Avvocato Meschieri, disse. All'ultimo piano, vero?

La donna annuì indicandogli l'ascensore. Poi, di colpo, assunse la severità del ruolo.

– Non sarà mica un venditore ambulante?

Giulio non ebbe neppure tempo di risponderle. Tirò dietro di sé la porta in ferro battuto dell'ascensore e schiacciò il bottone dell'ultimo piano. Che tipo era l'avvocato Meschieri? Come prenderlo? Come dirgli perché era venuto da lui? Giulio se lo domandava mentre la cabina saliva quasi a scatti, con uno scricchiolare sinistro che gli fece improvvisamente cambiare pensiero: quando l'avranno controllato questo ascensore l'ultima volta?

Sulla porta in noce dell'interno 15 una targa in rame informava: "CasaIn", società immobiliare. Amministratore unico: Dott. Avv. Paolo Meschieri. Il suono del campanello si udì appena. E Giulio dovette attendere quasi un minuto prima di udire dei passi che si avvicinavano. Poi la porta si aprì.

– Vorrei parlare con l'avvocato Paolo Meschieri.

– Sono io... Cosa desidera?

Eccolo, l'avvocato. Giulio non se l'aspettava né così giovane, né così affettato. All'apparenza dimostrava meno dei suoi quarant'anni. E non si poteva certo immaginare, dall'aspetto, che fosse un donnaiolo. Fasciato in un doppiopetto grigio, il volto tagliato da labbra sottili e piatte, gli occhi piccoli e neri, i capelli rossicci spaccati da una riga quasi all'altezza della tempia sinistra, Paolo Meschieri sembrava il prototipo del *dandy*. A dirla tutta, tenuto conto anche di una erre moscia ostentata in quel «desidera», sembrava anche un po' frocio. Forse anche per quell'effluvio di profumo che aveva colpito sgradevolmente Giulio non appena l'uscio si era socchiuso. Forse per quel fazzolettino giallo-blu che gli usciva dal taschino dell'abito tassativamente firmato. Forse, infine, per quelle scarpe di vernice nera sicuramente più adatte a calcare preziosi parquet e lussuose moquettes che non l'asfalto e il porfido delle strade.

– Sono un giornalista... Vorrei parlarle di Marianne Faraday.

Sul volto di Paolo Meschieri passò una nuvola d'inquietudine. Ma fu solo un attimo. L'avvocato si riprese subito e Giulio intuì in lui una durezza insospettabile e una velocità di reazione sorprendente.

– Prego, s'accomodi.

Evidentemente l'avvocato sapeva già. Del resto servizi sulla morte di Marianne erano già andati in onda su Rai tre e su una decina almeno di radio e tv private. Giulio poteva dunque giocare a carte scoperte. Ma era anche chiaro che nessuno era ancora arrivato nella mansarda di piazza San Lorenzo in Lucina. A dimostrarlo stava il primo sussulto di sorpresa dell'avvocato. E Giulio si augurò che nessuno dei suoi colleghi ci arrivasse, almeno per quel giorno.

– Le faccio strada nel mio studio. Oggi non c'è la segretaria. Anzi, non avrei dovuto esserci neppure io. Sono venuto a riordinare delle carte... Ma non ci riesco. Ho saputo di Marianne... È stato terribile... Prego s'accomodi. Ecco: su quella poltrona. Aspetti, tolgo i registri.

Se Paolo Meschieri era venuto lì quel pomeriggio per riordinare le carte, ne avrebbe avuto almeno per tre mesi e mezzo. Lo studio ne straripava. C'erano incartamenti sulla scrivania, sulle tre poltrone di pelle disposte a circolo intorno a un tavolino, sulle due sedie appoggiate al muro; per non parlare, poi, della libreria dalla quale uscivano come a cascata. Incartamenti impolverati, ingialliti dal tempo e dal sole che entrava dalla grande porta finestra al di là della quale il giardino non era certo più in ordine dell'ufficio.

«Oggi non c'è la segretaria», pensò Giulio. Ma forse una segretaria in quello studio non entrava da mesi. Del resto glielo aveva detto, Paolo: «Lo studio di Meschieri è perennemente vuoto, se non ci fosse il padre...».

Giulio si accomodò su una larga poltrona e Meschieri, con un gesto che probabilmente gli era abituale, si appoggiò al bracciolo di quella accanto accendendo una sigaretta: una *slim* col filtro cerchiato d'oro.

– Sono venuto qui perché ho saputo che lei conosceva Marianne. Che la conosceva bene...

Giulio calcò appositamente l'accento su quel "bene". Se Meschieri faceva l'uomo di mondo, glielo avrebbe fatto vedere lui. Era deciso a giocare duro. A fargli capire fin dall'inizio che in quell'occasione il fatto di essere il figlio dell'onorevole gli sarebbe servito a poco. Almeno con lui.

L'avvocato, evidentemente, lo capì subito. E incassò il colpo con signorilità. Sorrise su quel "bene".

– Sì, certo. La conoscevo bene. Molto bene. Per un certo periodo siamo stati amanti... Anzi le dirò di più. Quell'appartamento in Campo dei Fiori glielo avevo procurato io. E anche l'"altro", quello non ufficiale... o forse ufficiale per tanti altri. Ma non per me. Perché, anche se le sembrerà strano, Marianne mi amava. E io, credo, amavo lei.

La tirata di Meschieri spiazzò Giulio. Si era preparato a fare, come al solito, il lavoro della levatrice per tirargli fuori le parole, e invece quello gli spiattellava tutto e subito. A che gioco giocava l'avvocato? Giulio provava una sensazione strana: tutto in quell'uomo appariva falso. Falso come quello studio fatto per clienti che non c'erano. Del resto, lui sapeva perfettamente che ormai la società immobiliare era sull'orlo del fallimento. Eppure quello che Meschieri aveva detto sembrava vero. C'era davvero dell'angoscia nelle sue parole.

– Mi racconta qualcosa di Marianne? So che era arrivata in Italia per fare del cinema...

– Del cinema, sì. Come vorrebbero farlo decine di donne. Credono che basti essere bella per sfondare a Cinecittà. E poi finiscono nelle mani di fotografi senza scrupoli... Io l'ho aiutata sul serio. L'avevo conosciuta per caso a una festa di amici... Lei, allora, faceva la modella. Aveva partecipato a qualche sfilata estiva, ai Castelli. Quella sera era bellissima. E poi sa come vanno queste cose... Ci siamo rivisti l'indomani. E poi l'indomani ancora... Ci siamo innamorati. Ma non un amore da collegiali, da adolescenti. Il nostro era un rapporto libero. Lei faceva la sua vita, ma alla fine tornava sempre da me. E a me, in fondo, andava bene così. Non potevo mica pensare di sposarla, una così.

"Una così...". Se Meschieri se la fosse risparmiata quell'espressione, Giulio quasi ci sarebbe cascato. Avrebbe quasi tifato per quell'amore libero. E chissà, magari se ne sarebbe andato subito chiedendo scusa per il disturbo. Magari non avrebbe neanche fatto il nome dell'avvocato sul giornale. Ma quella chiusa da snob l'aveva fatto montare in bestia. Certo, a "una così" era meglio trovare una casa dove scoparla e un'altra dove potesse lavorare senza fare scandalo. Amarla part-time non dava problemi.

– Vi vedevate spesso, ha detto... Vi siete visti anche ieri?

Paolo Meschieri affondò il mozzicone di sigaretta nel posacenere. Si avvicinò al mobile-bar e ne tirò fuori una bottiglia di whisky.

– Beve qualcosa?

Non attese la risposta. Lo squadrò con il volto indurito, da bambino offeso.

– Sì, ci siamo visti anche ieri. Ieri mattina, subito dopo colazione. Ero passato a portarle dei fiori. Stava bene, era allegra Marianne. Mi sono fermato da lei solo pochi minuti... Poi sono andato a Montecitorio, da mio padre. Può controllarlo il mio alibi, se vuole. Del resto appena finito con lei andrò alla polizia. Non voglio che si facciano strane supposizioni sul mio conto. Io non ho niente da nascondere.

Giulio era stato messo alle strette. La reazione decisa di Meschieri lo aveva sorpreso una volta di più. Cercò di far rientrare la conversazione sul passato di Marianne: voleva scoprire chi era, cosa faceva, chi frequentava, se davvero sua sorella era morta di droga e dove. Ma per l'avvocato il colloquio era terminato. In piedi, accanto alla porta dello studio, il viso ostile, gli gettò in faccia un inappellabile

– E adesso, se non le spiace...

Giulio si alzò lentamente cercando le parole per riannodare il dialogo. Una domanda sola, per scavalcare il muro che si era creato tra di loro. Ma non gli venne in mente nulla. E allora si avviò verdo la porta.

– Avvocato mi scusi se l'ho disturbata. Posso eventualmente chiamarla nei prossimi giorni?

– Sono a sua disposizione.

Paolo Meschieri chiuse la porta dell'appartamento senza stringergli la mano.

Giù, nella piazza, l'esercito dei turisti si era ulteriormente ingrossato. All'angolo con via del Corso il carabiniere di guardia si guardava intorno con aria annoiata.

# IX

Quando Simona arrivò in questura, Renato Turci era già lì. Dritto come un fuso, stretto nel suo cappotto blu; le braccia incrociate come se stesse facendo anticamera prima di un incontro d'affari. Nell'atrio della questura c'era il solito *bailamme*. Davanti all'ufficio della squadra "volanti" gli agenti del turno montante si scontravano con i colleghi che avevano appena terminato il servizio e che uscivano dal quel piccolo locale stringendo in mano chi un'agenda, chi un rapporto appena scritto da consegnare al "dottore". Quest'ultimo, dalla sua scrivania, urlava ordini che si dipanavano in una sequenza all'apparenza priva di senso. Forse, nel trambusto generale, lui stesso recitava una parte che, a tratti, rischiava di sfuggirgli di mano.

Nell'ufficio denunce una donna si agitava su una sedia da chissà quanto tempo. E chissà da quanto tempo cercava di farsi capire, parlando in napoletano stretto, dal poliziotto in servizio. Per un bislacco caso del destino aveva di fronte l'unico agente di tutta la questura proveniente da Bressanone, provincia di Bolzano. Uno, cioè, che parlava perfettamente il tedesco, un po' meno l'italiano. E di napoletano non capiva letteralmente un'acca.

– Marescià! Vulite c'a racconti n'atra vota? Ma che? Nun me capite?

E poi fra sé girando un po' la testa:

– Ma stu guagliò è proprio n'a chiavica...

– Prego, signora. Stia calma... Dica a me: cosa posso fare io per lei?

Simona raggiunse Renato Turci e lo invitò a seguirla nel

suo ufficio, al terzo piano, quello della squadra mobile. In ascensore evitò di parlare. Si limitò a scrutare di sottecchi il suo interlocutore: possibile che non trasparisse nessuna emozione da quel viso duro, marcato, da uomo d'affari? Possibile che quel padre riuscisse a controllare così bene l'inferno di sentimenti che doveva per forza avere dentro? Giovanna era la sua unica figlia. L'aveva vista seviziata, seminuda, abbandonata fra il fango di un piazzale di cui pochi conoscevano l'esistenza tanto era estraneo alla città. Eppure i suoi occhi rimanevano freddi. Aveva davvero voluto bene a sua figlia? Simona se lo chiese mentre apriva la porta dell'ascensore e invitava Renato Turci a precederla.

Nel corridoio del terzo piano il vicequestore Gianfranco Bardi, capo della squadra mobile, smise subito di parlare con un commissario della Narcotici. E le si fece incontro.

– Novità sul delitto degli Erzelli, Ottonello? Chi era la ragazza, una puttana?

Gelo. Simona lanciò prima un rapido sguardo a Renato Turci; quindi fulminò con gli occhi il suo capo. E lo fece con una tale intensità che Bardi capì immediatamente di avere calpestato una merda.

– Volevo dire... È stata identificata, vero? Nessun precedente, naturalmente?

La voce di Renato Turci sferzò l'aria viziata del terzo piano.

– Naturalmente nessun precedente... Dottore.

Simona si sarebbe chiesta a lungo se c'era più ironia o più rabbia in quelle parole. Se, almeno in quella occasione, il "grande manager" fosse stato sul punto di perdere il controllo; se fosse finalmente tornato uomo. E padre, soprattutto: un padre che ha appena visto l'unica sua figlia morta ammazzata.

Fu proprio sul filo dei sentimenti che Simona condusse il lungo colloquio: oltre due ore in cui il commissario si sforzò di ricostruire la vita di Giovanna attraverso il racconto del padre ma anche, e soprattutto, di capirne la personalità. Che tipo di rapporti poteva avere con un padre simile Giovanna Turci? E com'era sua madre? Che ruolo aveva? Quello di diafana compagna di un uomo forte, abituato a vincere e a comandare, oppure era una donna capace di offrire alla figlia un modello differente?

Un colloquio di due ore in cui Simona, con sorpresa, si trovò a navigare all'interno di una famiglia protettiva e, almeno dal racconto di Renato Turci, tesa a creare attorno alla figlia un clima tutt'altro che soffocante. Contrariamente a quello che si sarebbe aspettato, visto il comportamento di quello strano uomo prima agli Erzelli e poi nell'atrio e nei corridoi della questura, Renato Turci dimostrò di essere non solo un padre affettuoso, ma anche un attentissimo osservatore della psicologia della figlia. Una ragazza libera, Giovanna. Educata fin da piccola a sapersela cavare da sola; ma anche costantemente seguita da una madre che le aveva comunicato la parte migliore di un carattere estroso ed estroverso.

Bambina precoce fin dalle elementari, Giovanna Turci aveva frequentato le medie dalle suore e poi aveva scelto il liceo artistico. Una decisione che il padre non condivideva e che pure non le era stata impedita. E apparentemente aveva avuto ragione lei, visto che, al terzo anno, il profitto era più che brillante al pari dell'entusiasmo e dell'interesse che la ragazza metteva nello studio.

Renato Turci aveva raccontato tutto questo in modo pacato e Simona aveva ascoltato senza quasi intervenire. Eppure era sulle spine: perché non sapeva come affrontare la parte più difficile di quel colloquio. Se era fondamentale conoscere tutto della vita e del carattere della vittima, era altrettanto fondamentale scavare nella sua vita più intima. Giovanna Turci era stata uccisa. E molto probabilmente era stata seviziata. Forse si era recata lassù, agli Erzelli, di sua volontà. Fatti e ipotesi che facevano a pugni con quel quadro di tranquilla famiglia borghese che aveva dipinto Renato Turci. Qualcosa, nel passato della ragazza, doveva in qualche modo spiegare una fine così terribile. Chi frequentava, Giovanna? Con chi era uscita la sera precedente il delitto? Aveva una relazione con qualche uomo? Possibile che in famiglia non si fossero accorti di nulla? Un delitto del genere non poteva essere nato così, per caso. Era difficile immaginare che Giovanna fosse stata sequestrata e portata con la forza fino al piazzale dei camion.

Ma Simona per prima viveva l'imbarazzo di indirizzare il colloquio in quella direzione. Anche perché Renato Turci sembrava non afferrare il senso di certe domande. Velate allusioni, sotterranei inviti ad approfondire l'argomento quando si era parlato dei compagni di scuola e di quello che la ragazza faceva nel tempo libero. Renato Turci si era dilungato sugli hobby della figlia, che erano tanti. A partire da quelli in qualche modo legati alla sua passione: l'arte. E cioè viaggi in altre città italiane ed europee alla caccia di mostre ed esposizioni, anche quelle che sfuggivano al grande pubblico; di conferenze, tavole rotonde. Aveva citato la sua ultima passione, quella per i futuristi. E poi quella per la fotografia, per la musica, per il cinema.

– Ma insomma, dottor Turci, aveva sbottato a un certo punto Simona. Possibile che né lei né sua moglie abbiate avuto sentore di qualcosa di strano nella vita di vostra figlia in questi ultimi tempi?

Renato Turci aveva abbassato il capo. Sconfitto per la prima volta. La prima volta, forse, in tutta la sua vita. Certamente la più importante. Aveva risposto con un filo di voce, dopo una lunga pausa di silenzio.

– No. Niente di strano... Niente che potesse farci presagire una simile tragedia. Giovanna frequentava i suoi compagni di scuola. Venivano spesso a casa nostra... qualche volta lei andava in discoteca. Non le piaceva molto, ma ci andava perché ci andavano gli altri. Ha avuto anche un paio di filarini e con uno... era anche finita a letto. Ce l'aveva raccontato lei stessa: una sera a cena, senza problemi. Subito non riuscivo neppure più a mangiare. Poi mi sono sforzato: non si può allevare una figlia in un certo modo e poi scandalizzarsi e fare delle scenate il giorno in cui decide di diventare una donna. Ma quel legame ormai era rotto da tempo. Sono sicuro che negli ultimi mesi mia figlia non frequentava nessuno al di là degli amici.

Ed era stato proprio in quel momento, al termine di quella lunga tirata, che qualcuno aveva bussato alla porta dell'ufficio rompendo l'incantesimo di quel rapporto confidenziale che sembrava finalmente essersi instaurato. Simona aveva maledetto mentalmente quell'importuno. E la sua mano stava per premere il bottone che avrebbe fatto accendere elettronicamente la targa di "occupato" quando nell'ufficio aveva fatto capolino l'ispettore D'Elia.

– L'abbiamo trovata, commissario, aveva detto l'anziano poliziotto mostrando una borsa a zainetto in pelle.

Era la borsa di Giovanna Turci. Dentro c'era il portafoglio

con i soldi, i documenti, le chiavi di casa e tutte quelle piccole cose che nel rapporto di polizia sarebbero state definite "oggetti personali". C'era anche un biglietto. Un pezzetto di carta a quadretti strappata da un quaderno: Pietro, seguito da un numero di telefono.

# X

– Giulio, hai finito? Siamo un quotidiano, non un settimanale!

La voce del capo arrivò attutita dal rumore. Ma che rumore? Fino a vent'anni fa era il ticchettare delle macchine per scrivere: una pioggia di caratteri cadenzata, ininterrotta. Adesso tutto era cambiato: con oleosa fluidità i video-caratteri scaturivano dalle tastiere con un lieve fruscio. Ma non per questo la redazione era più silenziosa. Anzi: senza le macchine per scrivere era il vociare dei colleghi a farla da padrone. E i trilli ininterrotti dei telefoni. E gli ordini metallici dello scanner sintonizzato sulla frequenza della polizia. E il gracidio delle stampanti ad aghi: lungo, inesorabile, all'apparenza senza fine. A sfornare un mare di parole che l'indomani avrebbero inondato i fogli del giornale.

– Sì, lo so, lo so. Sono anni che lo so. Cinque minuti. Solo cinque minuti per rileggere. E che cazzo...

Altro che rileggere. In realtà Giulio stava ancora lottando per dare una forma al suo pezzo. Ma qual era la notizia del giorno? L'intervista con l'avvocato, non c'era nessun dubbio. Anche perché dal fronte indagini non era uscito proprio niente. Come al solito, del resto, all'indomani dei delitti. E lui, come al solito, a fare i conti con questi maledetti "seguiti". «Il lettore vuole sapere», era il refrain dei capi. «Oggi abbiamo scritto una pagina, su 'sto omicidio. E la gente aspetta novità». Ma quali novità? Quelle dell'autopsia, forse? Particolari magari utili a un poliziotto ma non certo a un giornalista. Roba che non fa notizia. In questo caso, per esempio, cosa era uscito fuori?

Marianne Faraday, aveva detto il medico legale, era stata uccisa con un fendente di coltello all'addome che le aveva provocato un'emorragia interna. Quindi era stata messa bocconi sul letto e legata, braccia e gambe, ai quattro montanti. Sai che novità. Tutte cose che Giulio aveva già scritto: non c'era certo bisogno di un medico legale per capirlo. La corda. Forse la corda: un canapone robusto, da marinai, come un tempo non se ne trovavano a Roma. Ecco, se il delitto fosse avvenuto trent'anni fa, sarebbe stato un indizio. Ora era una semplice curiosità.

Allora la notizia bisognava cercarla altrove. E lui ci aveva lavorato. Perdio, se ci aveva lavorato. Per tutta la mattina aveva battuto le strade di Roma. Aveva domandato a chiunque potesse essere in contatto con Marianne, e alla fine era andato anche dall'avvocato; da quel Paolo Meschieri, civilista figlio di papà. Con quale risultato? Che appena era arrivato in redazione dicendo che Meschieri si trombava Marianne, il suo capo aveva alzato i sopraccigli:

– Ma chi? Meschieri il figlio di...? Sei sicuro? Attento: quello ci mangia il giornale.

E allora era iniziata la solita manfrina. Quella che si impara col mestiere: dire senza dire. Fare capire al lettore senza offrire appigli per eventuali querele o smentite. Ma in fondo che cosa gli aveva detto Meschieri? Aveva ammesso di conoscere Marianne. Di più: aveva spiegato di averla conosciuta a Roma e di averla aiutata. Per amore? Parola grossa: e comunque smentibile in ogni momento. E allora cosa scrivere di Meschieri? In fondo conoscere e aiutare una donna attraente come Marianne non costituisce reato. Tantomeno può essere una prova del coinvolgimento in un delitto.

Eppure Giulio era convinto che Meschieri ne sapesse di

più di quanto gli avesse detto. Non si può andare a letto con una donna per tanto tempo senza conoscerne i segreti. E ogni vittima di un omicidio di quel genere deve, per forza, avere un segreto. Uno psicologo non aveva forse detto che in fondo ogni vittima è predestinata? Che i suoi atteggiamenti, le sue azioni sono per assurdo finalizzate al delitto? Meschieri, l'avvocato, era un uomo troppo intelligente per non avere capito se davvero Marianne viveva in quel limbo che precede ogni dramma. Ed era proprio questo ad insospettirlo. L'avvocato, in fondo, gli aveva parlato di Marianne come di una delle sue tante fiamme. L'ultima, in ordine di tempo. Forse quella che più lo aveva coinvolto negli ultimi anni. Ma niente di più.

«Non è il solito delitto di una prostituta. La morte di Marianne Faraday, assassinata con una coltellata all'addome e poi legata al letto nella sua casa di Campo dei Fiori, nasconde un terribile mistero. E una pista per svelarlo conduce all'alta società romana...».

Era la voce tonante del capo che stava leggendo l'attacco del pezzo alle sue spalle. Giulio non s'era neanche accorto del suo arrivo, immerso com'era nelle sue elucubrazioni.

– Beh, che te ne pare?

– Mi pare che mi hai preso per il culo, innanzitutto. Ma come? Non dovevi solo rileggere? Stiamo per chiudere e non sei neanche a metà del pezzo. E poi non eravamo d'accordo di sfumare su questa storia di Meschieri? Tre parole, e parli già di alta società. Peggio: dal tuo attacco sembra già colpevole.

– Senti: o ne parliamo o non ne parliamo, di Meschieri. D'altra parte io sono andato da lui, gli ho detto chi ero, gli ho fatto delle domande e lui ha risposto. Non scrivo niente di più di quello che mi ha detto. Ha confermato di conoscere Marianne? E allora....

– D'accordo, d'accordo. Fai come vuoi. Ma con cautela. Quello non è uno qualunque. E poi perché sei così sicuro che non è la solita morte di una prostituta? Te lo ha detto la polizia?

– Figurati! Quelli stanno ancora giocando con le impronte digitali e i rilievi della scientifica. Tant'è vero che da Meschieri, loro, non ci sono ancora andati.

– Ecco! Vedi! Te lo dicevo. Ragione di più per andarci cauti. Tu fai il giornalista, non l'investigatore.

– Senti, capo. Non chiedermi perché ma sento che questo è uno dei delitti più sporchi e più "gialli" di questi ultimi anni. Dove la trovi una prostituta ammazzata per un motivo diverso dalla sua professione? Perché non c'è dubbio, Marianne è stata uccisa per qualcosa che non c'entrava niente col suo lavoro. Pensaci un po': non è stato un gioco erotico, anche se l'assassino ha cercato di farlo credere. Non hanno rubato niente in casa, eppure c'era una discreta somma. Non ha senso parlare di vendette o di papponi perché quella lavorava davvero in grande e in proprio. E poi se ti ricordi bene, appena due settimane fa la polizia ha messo dentro i magnaccia più importanti di Roma. Difficile, dunque, pensare che qualcuno dell'ambiente abbia organizzato un omicidio proprio in questo momento.

– E allora?

– E allora ci deve essere qualcosa d'altro. Qualcosa che le girava intorno. Chissà, magari neppure Marianne sapeva che cos'era.

– Va bene, signor Tom Ponzi: ammettiamo che sia vero. Ma Meschieri cosa c'entra?

– E che ne so! Non sono mica un poliziotto, io. Meschieri è comunque un tassello del mondo extra-prostituzione di

Marianne. E soprattutto è l'unico che conosco io. Quindi, se vuoi il tuo stramaledetto seguito, non rompermi le balle e lasciami scrivere. È già tardi... Non siamo un settimanale, ricordalo. Siamo un quotidiano.

Il capo se n'era andato masticando un «vaffan...» e Giulio aveva finalmente finito il suo pezzo: cento righe di misteri in gran parte anche per lui. E nel mezzo il racconto di un personaggio, Paolo Meschieri, che lo aveva colpito più di quanto gli era sembrato all'inizio. Più di quanto avesse potuto scrivere. Ambiguo, ricco, rovinato, dignitoso, impaurito, insicuro, strafottente, docile: tutto questo era l'avvocato. Tutto insieme in una miscela che poteva essere esplosiva. Giulio, per esempio, avrebbe pagato non so che cosa per sapere dove si trovava ora Meschieri, cosa faceva, con chi si incontrava, cosa pensava.

Erano le dieci di sera, ormai. Giulio richiamò sul suo video le agenzie della cronaca nazionale: era un'abitudine, una sorta di addio serale alla redazione. Non era successo niente di trascendentale: solite liti per il governo, qualche dissidio all'interno del sindacato, decine di scioperi in giro e un omicidio a Genova. Una diciassettenne violentata e strangolata. Una grana per i colleghi di quella città che il giorno dopo avrebbero avuto, anche loro, il problema del seguito da scrivere. Giulio sorrise e spense il terminale: un clic sulla finestra "esci" seguito da un lampo buio a oscurare il video.

Finito. Un'altra giornata era finita e lui era come sempre a pezzi. Scesa l'adrenalina che l'aveva aiutato a scrivere sino a pochi minuti prima, ora si sentiva uno straccio, completamente svuotato. E soprattutto deciso a concedersi una serata di svago, senza pensare più a Marianne, a Meschieri, all'appartamento di Campo dei Fiori. Una decisione che era destinata a naufragare. Sulla porta del giornale c'era Paolo che l'aspettava.

– Se fossi in te andrei a fare due chiacchiere con la portinaia del palazzo di via Boncompagni davanti alla banca. Lì, in un appartamentino al secondo piano, la tua bella Marianne faceva impazzire gli uomini.

## XI

*La pazzia è una membrana sottile, trasparente, che si colora solo a tratti. Può farlo nell'amore, nell'arte, nella morte. La pazzia è un bene non comune, una fortuna, un'incognita. Il difficile è tenerla a bada. Perché la pazzia, signor commissario, si può usare. È una fonte inesauribile di pensiero, di immaginazione, di creatività. Sì, perché anche uccidere può essere creativo. Si crea un istante irripetibile, unico, assoluto. Definitiva è la morte, così come la decisione di togliere la vita.*

*Sono pazzo, commissario? Non credo. Se un giorno ci troveremo a giocare a carte scoperte, farò di tutto per convincerla che non lo sono. Così come sono sicuro di poterle dimostrare che neppure lei, impastata com'è di raziocinio, è completamente equilibrata. Attraversare la membrana della follia è facile e istantaneo. Bello, anche. Ed è splendido, addirittura, tornare indietro. Rientrare nel mondo dei "normali". Nella "normalità" degli eccidi, delle guerre di religione, delle bombe nucleari, dei popoli che muoiono di fame. Nella "normalità" dei pezzenti, di queste nostre città al limite dell'asfissia. "Normale", tutto "normale" come una galleria d'autostrada invasa dallo smog, come i ragazzi che alla domenica si massacrano per una partita di calcio.*

*Cosa pensa, lei, commissario, di questa "normalità"? Cosa pensa, commissario, della mia pazzia?*

# XII

Capelli a riccioli neri, lucidi di una doccia appena fatta. Il volto velato da una patina di abbronzatura, segno dell'ultimo week-end trascorso sulle nevi di Courmayeur. Gli occhi chiari, un abisso di indifferenza. Il sorriso appena abbozzato di chi è cresciuto fra gli agi ed è abituato a guardare gli altri con sufficienza. Perfino le sue mani, affusolate, curate all'eccesso per un ragazzo di 24 anni, tradivano una sicurezza di facciata. Ché Pietro Trenti di soldi in tasca non ne aveva mai a sufficienza. Non quanti, comunque, gli sarebbero serviti per condurre quella vita da play-boy sfaccendato che ostentava e che aveva assunto a modello di vita.

Arrivare fino a lui, per Simona, non era stato difficile. Un giochino da ragazzi, anzi. Era bastato chiedere alla Telecom, senza nemmeno dire di essere della polizia. Quel numero di telefono che D'Elia aveva trovato nella borsetta di Giovanna Turci era proprio di casa Trenti. E che casa... Una villa vera e propria, nascosta alla vista, sulla collina a est della città. Una casa a due piani con un ampio giardino che traguardava l'orizzonte. L'unico problema era stato arrivarci. Non c'era un capopattuglia che fosse uno, in questura, che conoscesse quella zona: un angolo che profumava di ricco nella già ricca Albaro. Alla fine avevano imboccato il vicolo giusto: una stradina rinchiusa tra due alti muri di mattoni. Dall'altra parte l'opulenza di una città insospettabile.

E meno facile ancora era stato convincere il magistrato a firmare l'ordine di perquisizione che Simona aveva chiesto. Eleonora Lucarini, nei tre mesi che aveva trascorso alla procura di Genova, aveva già avuto modo di sapere chi era la famiglia Trenti e aveva già avuto delle grane. Era successo la notte di Capodanno. Lei era di turno e i carabinieri l'avevano chiamata a casa per chiedere cosa dovevano farne di quel «piccolo balordo figlio di papà» trovato in un bar di Camogli mentre festeggiava l'anno nuovo sniffando coca con una ragazza. Era proprio lui, Pietro Trenti, «fatto come un cocco», aveva spiegato il maresciallo. E aveva proseguito:

– Se l'abbiamo disturbata a casa, è perché il commendatore Trenti non è uno qualunque...

Eleonora Lucarini non aveva avuto dubbi. Il giovane rampollo del commendatore aveva iniziato l'anno in una guardina della stazione dei carabinieri di Camogli. Ma anche il sostituto procuratore aveva iniziato l'anno mica tanto bene. Già alle sei del mattino un'altra telefonata, quella del procuratore capo, l'aveva tirata giù dal letto.

– Cara Eleonora. Scusa se ti disturbo a quest'ora. Mi ha appena telefonato il commendator Trenti, disperato. È un mio vecchio amico. Ma cosa è successo a suo figlio? Sai, io lo conosco fin da bambino... È un bravo ragazzo.

Eleonora per un attimo aveva pensato di controbattere, di dire che cinque grammi di cocaina in tasca valgono la galera. Per la legge è spaccio. E la legge è legge, anche per i figli dei commendatori. Aveva preso un gran sospiro per dire tutto d'un fiato. Ma poi aveva riflettuto e riassunto il tutto in un semplice «Uhm». Se il suo capo le telefonava a casa a quell'ora sarebbe stato infantile discutere.

– Spero che non ti dispiacerà se del caso me ne occupo personalmente, aveva concluso il responsabile della procura genovese.

Il pm aveva riattaccato dimenticandosi perfino di contraccambiare gli auguri di buon anno. Era comprensibile, dunque, che quando Simona le aveva chiesto un ordine di perquisizione per casa Trenti, avesse avuto più di un attimo di esitazione. E forse sulla sua decisione avevano influito due circostanze. Primo: il suo capo era in ferie. Secondo, un moto di rivalsa per quello smacco di fine anno che ancora le bruciava.

Per questi due motivi, sostanzialmente, Simona adesso era lì, in casa Trenti. Con in tasca il suo bel mandato.

Pietro Trenti sorrise.

– Ma ce l'avete proprio con me, voi della polizia, quest'anno? Cosa son diventato, il pericolo numero uno di Genova?

– No, per adesso è solo una persona che deve rispondere a qualche domanda. Ecco la prima: lei conosce Giovanna Turci?

– Giovanna... Giovanna... Ne conosco un sacco di Giovanne. Non posso mica ricordarmi il cognome di tutte.

Pietro Trenti alzò le spalle con aria scocciata. Poi, con un sorriso di sfida

– Com'è fatta questa Giovanna? Me la descriva un po'?

Era uno di quei rari momenti in cui Simona avrebbe voluto essere un poliziotto uomo. Per smorzare quell'ironia con un ceffone. E per fare abbassare quegli occhi che, dall'inizio del colloquio, continuavano a fissarle il seno fasciato da una camicetta bianca e vagamente trasparente. Sorrise, invece, Simona. E decise di affondare il colpo.

– E va bene, disse. Gliela descriverò. L'ultima volta che l'ho vista aveva gli occhi fuori dalla testa, il viso viola, il collo stretto da una corda di canapa. Ma forse a lei interessa di più sapere com'è fatta, Giovanna? Aveva gambe lunghe e divaricate, le mutandine strappate, la camicetta di tulle bianco aperta davanti, la pelle segnata dai graffi e coperta di sangue. Se la ricorda, ora, Giovanna Turci? Se la ricorda morta ammazzata agli Erzelli?

Sul volto del ragazzo il sorriso si spense di colpo. Nei suoi occhi Simona lesse la paura. Lui deglutì, prima di rispondere

– No, davvero... Dico sul serio, non me la ricordo. Dove dovrei averla conosciuta?

Poi, realizzando il senso di quella descrizione

– Non penserà mica che sia stato io? – domandò con un filo di voce.

Proprio in quel momento nella stanza entrò la cameriera.

– Servo qualcosa da bere?

Poi, notando lo sgomento sul volto di Pietro, aggiunse

– Va tutto bene?

– Grazie, Marta. Portami un whisky... Lei prende qualcosa?

Simona fece cenno di no. E mentre la cameriera scompariva, mostrò al play-boy spaventato la fotografia di Giovanna.

– Giovanna è questa. Te la ricordi, adesso?

Il tu le venne spontaneo e suonò nella stanza come una minaccia; come il segno della confidenza che si instaura tra colpevole e investigatore. Pietro Trenti prese la foto con la punta delle dita. La osservò a lungo.

– Sì, me la ricordo. Giovanna "pompon".

– "Pompon"? – sibilò tra i denti Simona fissandolo rabbiosa come se quella parola fosse un insulto.

Il ragazzo si affrettò a precisare

– "Pompon" perché indossava sempre un berretto col pompon. Sì, devo averla vista da qualche parte. Forse nel bar che c'è davanti al liceo artistico. Credo di aver fatto colpo su di lei...

Poi temendo di compromettersi:

– Volevo dire che era lei a guardarmi... Forse mi ha anche rivolto la parola, qualche volta. Ma io non ci ho mai avuto niente a che fare. Non l'ho mai frequentata. Non mi interessano le sbarbine.

– Davvero? E cosa mi dici, allora, di questo biglietto?

Simona gli mostrò da lontano il pezzo di foglio trovato nella borsa di Giovanna. E lesse il numero di telefono.

– È quello di casa tua, no? E scommetto che questa è la tua calligrafia.

Pietro Trenti sbiancò. Rispose in un sussurro.

– Forse glielo ho dato per prenderla un po' in giro. Non so... non mi ricordo. Avrò voluto divertirmi con i miei amici. Era tanto che mi dicevano che quella era innamorata di me.

Poi, riacquistando per un attimo padronanza

– In ogni caso questo cosa prova? E lei con che diritto mi fa queste domande? Se è un interrogatorio, voglio il mio avvocato...

– Così mi piace. Giochiamo finalmente a carte scoperte. Tu ci dici chi è il tuo avvocato e io lo chiamo. Se vuoi chiamo anche tuo padre. Intanto i miei uomini danno un'occhiata in giro. Ci vuole un mandato, protesti? Eccolo qua, il mandato.

L'ispettore D'Elia e i tre agenti che avevano seguito ammirati e in silenzio l'interrogatorio, non aspettavano altro che quel momento. Si alzarono in piedi come un sol uomo, col sorriso dipinto sul viso. E come bravi operai intenzionati a fare bene e in fretta si misero al lavoro. Provarono quasi un gusto perverso a svuotare i cassetti della scrivania e a lasciare cadere con noncuranza per terra il contenuto. Simona li fulminò con uno sguardo prima che smontassero pezzo per pezzo la casa. Se non avessero trovato niente sarebbero stati guai seri. Forse addirittura un trasferimento, per sé e per il giovane sostituto procuratore che aveva firmato il mandato.

– Cominciate dalla sua stanza, ordinò.

D'Elia e gli uomini sparirono in fondo al corridoio.

– È questa camera sua? – urlarono rivolti a Trenti.

Il ragazzo chinò il capo. Forse fu anche tentato di seguire i poliziotti per assistere alla perquisizione. Poi preferì restare seduto sul divano dello studio, in silenzio. E così rimasero, Simona e lui, per un buon quarto d'ora. Fino a quando D'Elia entrò nella stanza con un sorriso enigmatico dipinto sul volto. E con in mano un foglietto che passò subito a Simona. Un altro foglio a quadretti, probabilmente strappato da un quaderno. Del tutto simile a quello che poco prima il commissario aveva mostrato a Pietro Trenti. Un nome, Giovanna, e un numero di telefono. Sul retro, un messaggio: «so proprio tutto. Marianne».

# XIII

Campo dei Fiori, quella mattina, era stupenda. Sarà stato per il sole pallido d'inverno o per il profumo aspro delle verdure; sarà stata la gente, i turisti che, nonostante fosse gennaio, aggiungevano colore a colore. Fatto sta che il colpo d'occhio era superbo. E Giulio si sentiva stranamente in forma. Eppure erano solo le dieci del mattino: l'indomani di una serata strana.

– Una signora!

Quante volte l'aveva ripetuto la portinaia di via Boncompagni. La "sora" Elsa, con quella sua parlata strascicata, con quel ciuffo di capelli che continuava a caderle sugli occhi e che lei ricacciava indietro con un gesto scorbutico. Quasi che quell'impiccio non fosse suo e che una qualche maledizione la costringesse a mantenere quella chioma scura e ribelle. La "signora" era Marianne Faraday. Una vera signora per come parlava, come vestiva, come camminava e, si capiva, anche per le mance che lasciava.

– E mica solo a Natale e a Capodanno, sa... La signora Marianne ogni tanto arrivava e mi diceva: «Tenga, Elsa: questi sono per lei». Mi allungava cinquanta euro, così, senza motivo. Solo perché si era svegliata allegra, magari. Ce ne fossero di inquiline come lei...

Giulio aveva faticato quattro camicie per riportarla in carreggiata. Per strappare, in quel soliloquio torrenziale, qualche notizia, qualche particolare che lo aiutasse a capire. A parte che la signora parlasse con accento straniero («tedesco», aveva detto lei) sembrava che nulla avesse colpito l'immaginazione della portinaia. Tanto che a un certo momento Giulio si era chiesto se non lo stesse prendendo in giro.

– Ma insomma, sora Elsa: lei sa o no che lavoro faceva la signora? – aveva finito con lo sbottare al termine di un'ennesima tiritera inconcludente.

Lei si era risentita. Lo aveva squadrato torva, quasi con disprezzo.

– La puttana. La puttana faceva. E che male c'è a fare la puttana? Ce ne sono un sacco in giro di puttane che si danno le arie da signore e che vanno a messa tutte le domeniche. Compresa la moglie del dottor Amendola, quello del quarto piano... Quando lui fa i turni di notte in ospedale, viene sempre a trovarla un suo... cugino.

E da quel momento Giulio per qualche minuto aveva dovuto sorbirsi una sequela di luoghi comuni su amore e morale. Ma alla fine, proprio quando cominciava a pensare di aver perso del tempo e a maledire in cuor suo quel cretino di Paolo che l'aveva spedito fin lì dopo una giornata di lavoro, la notizia era saltata fuori. La sora Elsa l'aveva annegata in un mare di banalità. La sera prima del delitto, in via Boncompagni, era tornato «un vecchio amico».

– Uno che conta, non tanto per quello che è lui. Ma per quello che è suo padre, aveva detto in un sussurro la portinaia scacciando via il ciuffo di capelli dagli occhi per la millesima volta.

Giulio aveva buttato lì il nome di Paolo Meschieri. E lei aveva fatto un sorriso complice. Poi si era fatta seria, subito pentita di quell'accenno pericoloso.

– Il nome lo ha detto lei...

Giulio aveva tentato di approfittare di quel vantaggio. Giurando e spergiurando che non avrebbe mai detto a nessuno di quella sua confidenza, aveva tentato di estorcere qualche altra indicazione sui clienti della signora. Poi, esausto da tanta cocciuta omertà, aveva lanciato la stoccata finale.

– Almeno, in cambio del mio silenzio, mi faccia dare un'occhiata all'appartamento. E non mi dica che non ha la chiave perché non le credo. So benissimo che è lei a fare i lavori in casa alla signora. Aveva barato. Aveva gettato un amo e la sora Elsa aveva abboccato. Facendo la faccia della vittima aveva staccato una chiave dalla parete del suo gabbiotto e si era incamminata lungo le scale.

– È al secondo piano, aveva borbottato. E poi con voce ancora più bassa.

– Nemmeno la polizia c'è ancora stata.

Seduto con davanti un caffè ai tavolini all'aperto di un bar in Campo dei Fiori, Giulio fissò il sole per un attimo e poi chiuse gli occhi. E fu come se le sue pupille fossero immerse in un barattolo di vernice rossa. Rossa come la tappezzeria e la moquette che ricopriva pareti e pavimenti dello "studio" di Marianne Faraday. Quattro locali in tutto. L'ingresso era arredato come un qualsiasi salotto borghese; due ampi e comodi sofà in tela veneziana, un tavolino di cristallo basso sul quale era posato un vassoio di ceramica ricolmo di cioccolatini e un fascio di riviste. Erotiche, ovviamente, ma nulla a che fare con quelle pubblicazioni di bassa lega che si trovano in qualunque edicola. Anche quel particolare denotava gusto e ricercatezza. Poi c'erano il bagno e la camera da letto. Meglio, "le" camere da letto. E se nella prima l'unica nota particolare era appunto il colore rosso, entrando nella seconda Giulio aveva avuto l'impressione di entrare nel laboratorio di un boia. Cavalletti, catene fissate alle pareti, fruste, bastoni, costumi di pelle nera, manette d'acciaio, corde: una bolgia immersa in un profumo dolciastro che dava alla testa. Di Marianne Faraday, di lei come donna, non c'era traccia. Non un oggetto personale, non una fotografia. C'era, evidentissima, la volontà di tenere lontani l'uno dall'altro i due personaggi che concorrevano a formare la personalità dell'inglese. Quello, per lei, era solo il posto di lavoro. Niente di più. La sua vita, fuori, era un'altra: quella di una donna di 26 anni elegante e affascinante, abituata a frequentare il bel mondo. Un'aspirante attrice. E chissà che lei stessa non fosse caduta nella trappola di quella doppia vita; che davvero fosse riuscita a scindere le sue giornate in due e a cancellare quella che viveva in quella stanza degli orrori.

– Guarda che il caffè ti diventa freddo.

Paolo gli era comparso davanti all'improvviso svegliandolo dal torpore del ricordo.

– Ciao. Che ci fai qua?

– Una menata... Devo fare uno stampone all'ambasciatore francese. C'è un ricevimento... Mi ci ha mandato il capo. Sei stato dalla sora Elsa?

Giulio, per un attimo, avrebbe voluto mandarlo al diavolo. Poi gli sorrise, clemente

– Sì, ci sono stato ieri sera... Un tipo strano, la tua amica Elsa.

– Vabbè, me lo racconti oggi al giornale. Ora devo andare perché se non fotografo l'ambasciatore il capo mi leva la pelle. Ciao.

Giulio bevve il caffè freddo e amaro. Pagò il cameriere e si incamminò verso la casa del delitto. La casa della Marianne "buona", quella dove davvero tutti la conoscevano come una ricca e affascinante ragazza inglese con il pallino per il cinema. Non sapeva bene neanche lui perché andasse lì. L'«assassino torna sempre sul luogo del delitto», si disse, ridendo di se stesso, mentre percorreva i pochi metri fra il bar e la casa. Arrivò al portone proprio nel momento in cui vi si stava infilando il postino. Ed ebbe un colpo di genio.

– Senta, senta, mi scusi, urlò rivolto al portalettere, c'è mica posta per la signorina Faraday?

Il postino non guardò neppure nella sua direzione. Automaticamente consultò il fascio di corrispondenza che aveva in mano.

– Sì, c'è una cartolina – e poi ripensandoci mentre già la teneva in mano – Ma scusi, lei chi è?

Giulio fu colto di sorpresa. Si fermò di colpo fissando negli occhi il postino senza sapere cosa replicare. E la sua esitazione fu anche la sua fortuna. Il postino scambiò quello sguardo smarrito per uno sguardo truce. E soprattutto scambiò Giulio per un poliziotto. Gli consegnò la lettera strizzandogli l'occhio con la faccia di quello che ha capito tutto.

– Tenga, maresciallo. Le evito la fatica di recuperarla dalla cassetta delle lettere. Ma in cambio mi dica un po': chi è l'assassino? Un peccato, vero, che l'abbiano ammazzata... Una così bella donna.

Giulio borbottò qualcosa di incomprensibile. Strappò la cartolina dalle mani del postino con il fare più sgarbatamente poliziesco che conoscesse. E si allontanò quasi di corsa prima che quello ci ripensasse o gli facesse altre domande imbarazzanti cui non avrebbe potuto rispondere. Due minuti dopo era seduto davanti a un altro caffè con la cartolina abbandonata sul tavolo, una copia del "Secolo XIX", il giornale di Genova, spalancato davanti agli occhi e la testa che gli ronzava furiosamente tanto cercava di pensare in fretta. «Diciassette anni, stuprata e uccisa agli Erzelli», era il titolo di spalla della prima pagina. E sotto un richiamo di trenta righe in cui si davano i particolari più agghiaccianti della tragica morte di Giovanna Turci, una studentessa del liceo artistico il cui cadavere era stato trovato il giorno prima sulle alture di Genova. Qualcuno l'aveva violentata e strangolata con una corda da marinaio. Di lei, tra le altre cose, Casazza e Mauceri, i due cronisti che si erano occupati del caso, sottolineavano la passione per l'arte futurista.

Giulio chiuse il giornale e prese in mano la cartolina indirizzata a Marianne. Era una veduta di Genova, una di quelle classiche, con la lanterna sullo sfondo. «Voglio venire a Roma per la mostra sui futuristi. Se posso ti passo a trovare. Un bacio, Giovanna». Per la seconda volta, quella mattina, Giulio sorbì un caffè ormai freddo.

## XIV

Sembrava solo un mucchio di stracci abbandonato lì, sul pavimento, proprio a fianco di uno degli ingressi. Poi qualcosa si mosse e da quel cumulo di coperte cenciose spuntò una mano. Lercia e smagrita. Un istante ancora e comparvero due occhi spenti, sotto una capigliatura leonina e cisposa. Avrà avuto cinquant'anni, non di più: uno per ogni grinza del viso. Cinquant'anni di chissà quale incredibile storia umana, ora rannicchiati sotto l'atrio della stazione Termini. Se glielo avessero chiesto, Giulio non avrebbe neppure saputo dire se quello era un uomo o una donna. Un disperato, certo. Uno dei tanti, dei troppi barboni che negli ultimi anni avevano invaso mezza Roma. I nuovi poveri, li avevano chiamati sul giornale. E se li erano dimenticati.

Termini era il casino di sempre. Giulio vi entrò maledicendo mentalmente i controllori di volo che, ormai da un paio di giorni, erano in sciopero e bloccavano le partenze nazionali. Gli era toccato di litigare tutto il pomeriggio con il suo capo per farsi mandare inviato a Genova, e quando alla fine ce l'aveva fatta, aveva scoperto che l'Alitalia era in sciopero. Anzi, non l'aveva scoperto neppure lui: glielo aveva telefonato con aria canzonatoria la segretaria di redazione:

– Mi spiace, Giulio. Niente aereo, per te. Sciopero... Che faccio? Ti prenoto il Pendolino?

Giulio aveva bestemmiato. Viaggiare in Pendolino avrebbe significato arrivare a Genova alle 11 di sera: stanco morto, dopo una giornata di lavoro; con la testa rintronata e affamato, visto che non avrebbe certo toccato il cibo di plastica offerto dalle ferrovie italiane. Ma, come sempre, ormai era in ballo e doveva ballare.

– Caro Leonardi, cosa ci fa da queste parti?

Infagottato in un cappotto di loden troppo grande per la sua magrezza quasi anoressica, Gianluca De Mainardi gli comparve davanti come un fantasma col bastone da passeggio.

– Buonasera maestro! Che piacere vederla... Anche lei è in partenza?

– Vado a Genova... E ci dovrò rimanere per un bel po', purtroppo. Volevo prendere l'aereo ma...

Giulio non gli lasciò finire la frase e si mise a ridere

– Storia comune, maestro, storia comune. Anche io vado a Genova. Io ci vado per lavoro. E lei? Le è successo qualcosa?

– No! A me no. Purtroppo il mio collega, il maestro Mitronovic ha pensato bene di ammalarsi... Un brutto infarto che lo terrà lontano dal podio per un pezzo. Stava dirigendo *Traviata* al Carlo Felice, e io ho appena finito di dirigerla qui a Roma. E poi sono un amico del sovrintendente del teatro di Genova... Non potevo certo dirgli di no. E come se non bastasse, qualche suo collega giornalista ha parlato bene di me: "Grande interprete verdiano"... "*Traviata* memorabile"...

– Ho letto, ho letto. Ma non sapevo che stesse per finire le repliche. Sarei venuto a sentirla volentieri. Vorrà dire, che se avrò tempo, verrò ad ascoltarla al Carlo Felice. Gliel'ho detto: anch'io sto andando a Genova.

Il fischio del Pendolino li sorprese ancora all'inizio del marciapiede. Giulio e De Mainardi allungarono il passo fissando ognuno alternativamente il proprio biglietto con la prenotazione e il numero affisso sulle fiancate dei vagoni. Un nuovo fischio imperioso e decisero di salire sulla prima carrozza a portata di mano. Avrebbero cercato dentro il loro posto. Ma come sempre, nonostante al botteghino le prenotazioni fossero esaurite, il treno era praticamente vuoto. Così decisero di sedersi nei primi posti liberi. Pochi minuti dopo, dietro i finestrini sulla destra, sfilò l'immensa cupola di San Pietro, e le luci della città iniziarono a rincorrersi sino a unirsi in una serie di scie ininterrotte per poi dileguarsi nel buio della campagna.

– Senta, dottor Leonardi, se davvero ha intenzione di venire a vedere *Traviata*, me lo faccia sapere. Io alloggerò all'hotel Plaza. Per me sarà un piacere farle avere un invito... Per lei ed eventualmente per chi l'accompagnerà. Non capita tutti i giorni di avere a che fare con un cronista di nera che si emoziona vedendo morire di tisi una dama dell'ottocento... Che apprezza il pianissimo degli archi sul rullare dei timpani. Sembra un'incongruenza, non è vero? Eppure la musica di Verdi è anche questo: pietà e furore che si sposano. Indissolubili fino alla fine. Tragica, sempre.

Giulio ringraziò, un po' imbarazzato dall'offerta e dal fatto che De Mainardi conoscesse la sua passione per la lirica. Una passione coltivata in segreto, quasi vergognandosene un po'. Perché, pensandoci bene, emozionarsi per una dama dell'Ottocento che muore di tisi cantando è davvero un po' ridicolo. Ancor di più per uno come lui che da anni era abituato a scontrarsi con la vita nei suoi lati più crudi. Una dimensione assai diversa, in cui si muore davvero. E quasi sempre per motivi che di nobile non hanno niente. Eppure tutte le volte lui si emozionava davvero a vedere Violetta accasciata sul letto protendersi, senza riuscire a raggiungerla, verso la brocca dell'acqua posata sul comodino.

– Tragica... Tragica... Immagino che, se va a Genova per lavoro, anche lei si dovrà occupare di una tragedia. Vera, questa volta, e non teatrale. Non è così?

La voce di De Mainardi scosse Giulio dalle sue fantasticherie sulla lirica e su *Traviata*.

– Sì, purtroppo. Una ragazza uccisa... Pensi: aveva solo diciassette anni. L'hanno strangolata in un posto sulle alture della città. Forse addirittura violentata.

Gianluca De Mainardi si sfilò lentamente i guanti di pekari. Aveva delle mani lunghissime, magre. Quasi quanto quelle del barbone rannicchiato nell'atrio della stazione Termini. Ma le sue erano bianchissime, con le unghie curate, luccicanti, che a vederle sembravano addirittura smaltate.

– Una ragazza uccisa? Che storia terribile. Era di Roma?

– No, era genovese. Ma sono convinto che la sua morte sia legata a quella di un'altra donna assassinata a Campo dei Fiori. Non so se ha avuto occasione di leggere il giornale in questi giorni. Era una prostituta d'alto bordo inglese uccisa a coltellate. Un brutto omicidio che, secondo me, ha un movente diverso da quello che l'assassino ha voluto far credere. Non è il solito omicidio di una prostituta...

– Sì, ho letto. Si chiamava Marianne Faraday. Vero? E ho visto che lei è andato anche a cercare il mio vecchio amico Meschieri. C'entra davvero qualcosa, lui?

L'hostess passò con il carrello dei giornali. Giulio le fece un cenno quasi disgustato. No, per quel giorno di giornali non ne voleva proprio più sapere. Poi ci ripensò. E richiamò la ragazza indietro

– Scusi, ha “Il Secolo XIX”?

La ragazza annuì distratta e gliene porse una copia.

– Ecco, la notizia che mi porta a Genova è scritta in parte qua sopra. E in parte su questa cartolina.

E Giulio tirò fuori dalla tasca della giacca la cartolina che il postino di Campo dei Fiori gli aveva consegnato quella mattina stessa scambiandolo per un poliziotto. De Mainardi inforcò un paio di occhiali da vista. Giulio si stupì: sul podio non li portava.

– Dirigo sempre a memoria, spiegò con un sorriso il maestro accorgendosi dello stupore del suo compagno di viaggio. Non si può pretendere di tirare fuori il meglio da una partitura senza almeno conoscerla a memoria.

Per qualche minuto rimasero in silenzio. De Mainardi, assorto nella lettura del giornale, Giulio pregustando l'effetto della sorpresa. Lo stesso che aveva provato lui al tavolino del bar qualche ora prima mettendo in relazione l'omicidio di Roma con quello di Genova. Ma restò deluso.

– Interessante... Indubbiamente interessante, disse il suo interlocutore senza particolare emozione togliendosi gli occhiali. Ma come fa a essere sicuro che la Giovanna della cartolina sia la stessa trovata uccisa agli Erzelli?

Giulio avvampò. Come da bambino quando lo coglievano in fallo. Perché in realtà non aveva nessuna prova. Nessuna, visto che il suo intuito una prova non era. Non a caso aveva sudato sette camicie col suo capo per farsi mandare a Genova, e se c'era riuscito era solo perché lo aveva preso per stanchezza.

– Vede, maestro... Poco fa lei mi ha chiesto se in questa storia c'entra davvero il suo amico Meschieri. Ebbene, io le dico che sono convinto di no. Anche se ci sono degli indizi che farebbero pensare il contrario. Nel caso della cartolina è l'esatto opposto: non c'è uno straccio di prova, eppure sono certo che non si tratti di una coincidenza.

– Va bene! Ammettiamo che sia così. Ma perché è così sicuro di Meschieri? Io lo conosco bene. È a lui che ho affidato l'incarico di vendere la mia villa di Zoagli. Una vecchia casa in stile Liberty che ho comprato qualche anno fa e che non ho praticamente mai usato. Una persona per bene, Meschieri... almeno così pare.

De Mainardi fece una pausa, come il pianissimo che prelude l'esplosione dell'orchestra. E poi, avvicinando la testa a quella di Giulio e parlando con un filo di voce

– Non mi sembra sia un mistero che gli piacciano le donne... Certe donne.

Poi, allontanandosi e mettendosi comodo sulla poltrona

– Vede, caro Leonardi, l'uomo è un animale strano: sa comporre musica celestiale e usarla come colonna sonora mentre manda il suo prossimo all'olocausto. Pensi a Mozart: un genio in teatro, il più volgare degli uomini nella vita privata. Non voglio paragonare Meschieri a un genio: non lo è. Né voglio dire che lui sia implicato nel delitto. Certamente non lo sarà.

– Ma allora?

– Nulla... nulla... Facevo così per parlare. Vede, lei è un cronista che ama la musica. Io sono un musicista che ama la cronaca. Nel suo articolo sul delitto di Marianne Faraday accennava solo a Meschieri. Non raccontava, per esempio, che un paio di giorni prima del delitto quella povera ragazza era andata a trovare il suo avvocato nello studio di San Lorenzo in Lucina. E ne era uscita con la faccia gonfia.

– Come fa a saperlo?

– Semplice. In quello studio c'ero anch'io.

# XV

– Molte grazie, signore!

Il "ragazzo" d'albergo avrà avuto una trentina d'anni. Giulio lo guardò arrossendo mentre quello si infilava in tasca la banconota che gli aveva allungato. Era un tipo piccolo, tarchiato, con gli occhi azzurro spento e i capelli ricci. La caricatura di un uomo di fatica. Eppure Giulio aveva provato il solito imbarazzo quando, prima che uscisse dalla stanza dopo avervi depositato la sua valigia, gli aveva dato la mancia. Aveva provato, come sempre, una sorta di umiliazione. Come se quei soldi rappresentassero uno schiaffo, un insulto alla dignità. E poi, in fondo in fondo, perché lui non riusciva mai a sentirsi "diverso" da un facchino. Nonostante il suo stipendio lo avesse sbalzato nella classe dei benestanti, recitare la parte del ricco non faceva proprio per lui.

Chiuse la porta troppo bruscamente e si diresse verso la finestra. Dal tredicesimo piano del nuovissimo Star Hotel President, Genova non sembrava poi tanto diversa da Torino, Milano. O Roma. Il mare? Chissà dov'era. Le colline immediatamente a ridosso delle case? Col buio non si vedevano proprio, restava solo l'immensa piazza davanti alla stazione Brignole, con le sue auto impazzite, i suoi alberi avvizziti e lo smog che sembrava come la nebbia che d'autunno incombe sulla pianura padana.

Per la prima volta, da quando era iniziata quella storia, Giulio si chiese se non stesse sbagliando tutto. Se la sua curiosità e la sua fretta non gli avessero giocato un brutto scherzo. Semmai, sarebbe stato un bel problema andarlo a dire a Giorgio, al capocronista. «Ho ceffato tutto», avrebbe dovuto confessare senza trovare scusanti. E più che i rimbrotti lo avrebbe ferito il sarcasmo del capo e dei colleghi. In fondo anche quella permanenza allo Star hotel al giornale non era mica costata uno scherzo. E a Giulio sembrava già di sentirli, gli inviati, quelli veri, protestare col direttore facendo fuoco e fiamme per quella sua «assurda trasferta a Genova».

Si lasciò cadere sul letto a peso morto, come faceva sempre quando aveva qualcosa su cui riflettere. E, ovviamente, quando poteva. Accese una sigaretta e fissò lo sguardo su uno stucco del soffitto, senza vederlo. E se, invece, Gianluca De Mainardi avesse avuto ragione? Se davvero quella visita di Marianne Faraday al suo amante avvocato con relative botte fosse stata la chiave del giallo? Certo, era quanto meno curioso che proprio il giorno prima del delitto fra i due amanti fosse nato un litigio così violento. E per quale motivo, poi. Gianluca De Mainardi non aveva saputo spiegarlo. Il direttore si era invece soffermato sui segni che quell'incontro aveva lasciato sul viso della donna, sugli occhi gonfi di pianto di Marianne, sulla sua andatura sghemba mentre percorreva il pianerottolo fuori dall'ufficio di Meschieri. Una descrizione da vero cronista. Ma con la notizia in fondo: tra un'occhiata ammiccante e l'altra, gli aveva detto di aver sorpreso il giovane avvocato puttaniere mentre stava stracciando delle foto.

– Non so chi fosse la modella. Ma certo addosso aveva poco. O niente.

Una semplice scena di gelosia? Poteva essere. Ma a Giulio non quadrava affatto. O meglio: De Mainardi col suo racconto glielo aveva fatto supporre, ma lui non ne era affatto convinto. "Sentiva" che doveva esserci qualcosa d'altro in quello strano rapporto tra un avvocato fallito e una puttana intelligente com'era Marianne. Qualcosa, azzardava ora sdraiato sul letto dell'hotel di Genova, che nulla aveva a che fare col delitto. Una storia diversa, marginale, che avrebbe certamente svelato un mistero. Ma di vita. Non di morte.

La pista giusta era un'altra. La sua. La pista giusta era lì, a Genova, e quindi a portata di mano. La cartolina non se la era certo inventata. Né il nome di Giovanna. E Giovanna Turci era stata uccisa, come Marianne, in maniera terribile. Cosa univa le due donne? Forse la soluzione l'avrebbe trovata insieme al commissario Ottonello. Gli aveva telefonato quel pomeriggio stesso, ma lui non era in ufficio. Gli aveva lasciato un messaggio fissandogli un appuntamento per l'indomani e un motivo più che valido per farsi ricevere:

– Per favore, dica al commissario che ho delle notizie importantissime sul caso Turci. Arrivo stasera allo Star hotel e domattina sarò da lui alle dieci.

Della sigaretta stava bruciando ormai il filtro. Giulio la spense e si alzò di scatto iniziando a spogliarsi. Una doccia, e poi a cena... Ma, dove? Lo avrebbe chiesto al portiere d'albergo. Era quasi sulla porta del bagno quando suonò il telefono.

– Dottor Leonardi? C'è un commissario di polizia che la cerca... Cosa devo dire?

La voce del portiere tradiva un misto di curiosità e preoccupazione. Giulio pensò che i poliziotti sono uguali dappertutto: quando tu hai bisogno di loro, non c'è verso di trovarli; quando sono loro ad aver bisogno di te, non ti lasciano neanche il tempo per una doccia e magari ti fanno anche saltare cena.

– Gli dica che scendo subito.

L'ascensore si fermò con un sobbalzo spalancando le sue porte su un atrio quasi deserto. C'erano solo due persone: il barista e una ragazza in piedi accanto al bancone. Giulio si guardò intorno. Poi si avviò verso il portiere di notte, al lato opposto della sala.

– Sono Leonardi. Dov'è 'sto commissario?

– Sono qui. Mi chiamo Ottonello. Simona Ottonello.

Giulio si voltò e si trovò faccia a faccia con la ragazza del bar che lo aveva seguito. E così, a neanche un metro di distanza, poteva sembrare tutto tranne che un commissario. Perché non aveva i piedi piatti, innanzitutto. E poi perché attaccati ai piedi aveva due gambe lunghe come trampoli: né troppo grosse, né troppo magre. Giuste, come evidenziava la minigonna che le tagliava sui tre quarti. Neanche il busto era quello di un commissario: troppo pieno, sul davanti, in contrasto con la vita sottile. E poi, che dire del viso? Per un attimo Giulio pensò al grugno del commissario Roversi, capo della omicidi di Roma. E abbozzò un sorriso: Simona Ottonello aveva i capelli biondi tagliati corti, due occhi dolcemente a mandorla. Un filo di rossetto sulle labbra a dar risalto a una dentatura perfetta, bianchissima.

– Il commissario Simona Ottonello? Mi scusi... pensavo proprio di incontrarmi con un uomo.

– Lo immaginavo, non si preoccupi. Vogliamo sederci? Se non sbaglio lei ha qualcosa da dirmi.

– Credo di sì. Ma prima mi dica una cosa. Lei ha cenato? Perché in caso contrario potremmo farlo assieme. Io ho una fame da lupo... Ho saltato pasto anche oggi a mezzogiorno per seguire questo delitto.

Simona si mise a ridere con convinzione facendo sfavillare i suoi occhi castani chiari che sembravano coperti da una patina di smalto.

– Perché no... Anch'io non mangio niente da stamattina. Anzi, quando ho trovato il suo messaggio, un po' l'ho maledetta. Per la fame, naturalmente. E per la mia curiosità.

# XVI

*Curiosa. Certamente lo è la vita. E la morte ancora di più. Per come arriva e per come si annuncia. A casa di Marianne avrei voluto andarci mascherato. Con un costume del Settecento, magari. Di quelli che si vedono sfilare per le strade di Venezia a Carnevale. Chissà se lei si sarebbe sorpresa, se avrebbe intuito il motivo della mia visita e di quella mia mascherata. E se sì, sarebbe fuggita? Avrebbe urlato? Avrebbe cercato di allontanare quell'ultimo istante carnevalesco?*

*Non credo. Marianne era un'esperta del gioco delle apparenze. Ne aveva fatto uno stile di vita. Era addirittura riuscita a vivere due esistenze separate: due maschere così diverse una dall'altra da risultare, all'esterno, inconciliabili. Eravamo simili in questo, io e Marianne.*

*Separato da uno strapiombo, invece, mi sentivo e mi sento tuttora da Giovanna. Troppo ingenua, lei, per districarsi nel sottile gioco delle apparenze. Eppure, se è venuta con me quella notte, forse lo ha fatto proprio per imparare quel gioco. Per nascondersi insieme a me dietro la maschera del proibito.*

*È forse colpa mia se è rimasta impigliata nel mio teatrino di marionette? Io ho solo reciso i fili, restituendola al palcoscenico d'orrore che è la realtà. Dovrebbe essermi grata, Giovanna! In quegli istanti ha conosciuto la vita nella sua più intima essenza. Più che se avesse vissuto per altri cent'anni. Io per lei ho compiuto il miracolo: ho fermato il tempo nel magico istante in cui l'adolescenza entra nella maturità. Nessuna donna al mondo ha goduto di un simile privilegio! Sono colpevole, commissario? Lei è convinta di sì. Ma non è il suo cervello a rispondere. È la maschera dei gendarmi che hanno arrestato Pinocchio a rispondere per lei. Ci pensi, commissario...*

## XVII

– Guagliò, sta arrivando quel gran pezzo di fica del commissario... Quella con due gambe tante. Fate largo...

Se Salvatore non fosse nato a Napoli, sarebbe stato da protestare col Padreterno. Che si era sbagliato: uno così poteva nascere solo a Napoli. Piccolo, tarchiato, pelato, due occhi furbi e le braccia corte: un cervello in costante agitazione per trovare nomignoli, soprannomi; inventarsi passati e futuri per clienti fissi e occasionali. Una turbina in costante rotazione che non risparmiava niente e nessuno. Il cliente che sedeva sempre al tavolo d'angolo, per esempio? Era "u conte Ugolino", per via di quel suo aspetto truce, di quel suo carattere ombroso. E quell'altro lungo e magro con occhiali che arrivava sempre dopo l'una di notte? Quello era "o professore" per i modi distinti e le marcate occhiaie da studioso. Poco importava se, magari, era arrivato a stento alla terza media. Per tutti era e restava per sempre "o professore". Ma la vera passione di Salvatore erano le donne, «e femmene», come le chiamava lui. Quelle giovani, ovviamente, non certo le "racchione". E più erano belle, più dovevano essere puttane, fino a prova contraria. Anche a Simona Ottonello una botta di «bella zoccola» non gliela aveva tolta nessuno, la prima volta che era entrata nel ristorante di galleria Mazzini. Con quel titolo, Salvatore l'aveva indicata al cuoco che come di suo solito faceva capolino attraverso la finestra della cucina che dava sulla sala. E subito dopo anche al padrone del locale, giocatore appassionato, che per quelle battute rideva più dentro che fuori. Non poteva permettersi né di dar troppa corda al suo cameriere, né di rovinare il suo "aplomb" da uomo di mondo. Anche in quella occasione rivolse a Salvatore un'occhiataccia di facciata, pensando che una così era proprio sprecata in polizia.

– Buona sera, commissario. S'accomodi... Deve ancora cenare? Stasera abbiamo della trippa come piace a lei.

Giulio sorrise sotto i baffi notando un velo d'imbarazzo nella sua compagna. La trippa non era certo un piatto aristocratico. E decise di giocarsi il primo asso della partita con Simona Ottonello.

– Trippa accomodata, forse? Con patate e tutto il resto? Per me va benissimo: ne vado matto anch'io. E se ha un po' di peperoncino piccante, va ancora meglio.

Salvatore, che era appostato lì nei pressi, decise. E si avvicinò al cuoco per sentenziare

– Chisto è 'nu gentiluomo. Se sta insieme al commissario può essere che sia anche 'nu mariuolo. Ma sempre gentiluomo è.

E se a Giulio fosse capitato, anche dieci anni dopo, di rimettere piede in quel ristorante, lui sarebbe sempre rimasto «o gentiluomo» per tutti. Ci si poteva scommettere.

In attesa delle trippe Giulio e Simona versarono goccia a goccia i loro rispettivi sacchi. Con circospezione, prima, aspettando che fosse l'altro a dire di più. Poi, aiutati da una bottiglia di barbera di Ricaldone, vino consigliato da Salvatore per il solo piacere di rubare una bottiglia a «u conte Ugolino» che aveva lì una sua riserva personale, presero confidenza e vuotarono il sacco davvero. Fino in fondo. Giulio raccontò della sua visita allo "studio" di Marianne Faraday, dei suoi sospetti su Meschieri. E, soprattutto, della cartolina firmata Giovanna: la traccia che lo aveva condotto a Genova. Aveva soltanto omesso di raccontare come se l'era procurata quella cartolina: un poliziotto, anche se donna, anche se bella, rimane pur sempre un poliziotto.

Simona, con più circospezione e reticenza, gli raccontò i particolari del caso Turci: il numero di telefono che l'aveva condotta sulla pista di Pietro Trenti.

– L'ho arrestato proprio oggi pomeriggio. Il giudice è d'accordo, ma, per assurdo, io non sono del tutto convinta che sia stato lui.

– Perché l'ha messo dentro, allora?

– Innanzitutto perché durante la perquisizione in casa sua sono saltati fuori dieci grammi di cocaina. E poi... perché indubbiamente ci sono una serie di indizi a suo carico: conosceva la vittima, probabilmente aveva una relazione con lei; e per contro non aveva proprio nessun alibi per la notte in cui si presume sia avvenuto il delitto. Ci aggiunga che durante l'interrogatorio con il magistrato è caduto più volte in contraddizione, ed il gioco è fatto. Ma non per questo è un gioco che mi convince del tutto. Pietro Trenti è un ragazzino viziato, un rampollo di buona famiglia abituato al lusso e alle belle ragazze. È uno che si fa di coca, che non torna quasi mai a casa prima dell'alba, che crede di avere il mondo in pugno perché è pieno di soldi. Eppure... nelle vesti dell'assassino non riesco a figurarmelo. Anche perché non riesco a rispondere alla domanda principale: per quale motivo avrebbe dovuto uccidere Giovanna Turci?

Giulio, che per tutto il tempo aveva fissato negli occhi il commissario, aveva perso un po' il filo del discorso. Innanzitutto perché per lui le notizie sul delitto Turci erano tutte nuove e poi perché sorpreso dalla sincerità di quello strano poliziotto in gonnella. Nel giro di nemmeno un'ora era riuscito a sorprenderlo per ben due volte, e sempre piacevolmente. La prima con quella minigonna mozzafiato; la seconda adesso, confessandogli apertamente un dubbio che certo doveva roderla da ore: quello di aver sbattuto in galera un innocente. Decise in quel momento che Simona gli piaceva, e non solo fisicamente. E che comunque fosse andata quella storia poteva valere la pena di dimenticare un suo vecchio principio da cronista di nera: non spingere mai i rapporti oltre il confine della professionalità.

E allora, senza nessuna tattica né strategia, andò a bomba per verificare subito quello che più gli interessava

– E se la pista giusta la portasse proprio a Roma, commissario? Lei non mi ha ancora risposto. Cosa ne pensa della possibilità che i due delitti siano collegati? La Giovanna che ha scritto a Marianne Faraday, può essere la "sua" Giovanna?

Simona non rispose. A sua volta fissò Giulio negli occhi inforcando l'ultimo boccone di trippa. Lentamente si pulì le labbra con il tovagliolo e si chinò a prendere qualcosa nella borsa. Giulio pensò a una sigaretta e allungò il braccio attraverso il tavolo per porgere la fiamma del suo accendino.

Simona si schernì ridendo.

– Signor giornalista, per favore, non bruci contemporaneamente una prova giudiziaria e la risposta alla sua domanda.

Così dicendo gli porse il bigliettino sequestrato in casa Trenti. Giulio lo afferrò e lesse: «so proprio tutto, Marianne».

Da quel momento la serata ebbe un altro corso. Seduti al tavolo del ristorante non c'erano più due professionisti, un giornalista e un poliziotto, ma due persone a caccia della risoluzione di un mistero. Un mistero del quale sentivano di aver afferrato insieme un filo, per ora così sottile che avevano paura di romperlo. Ed erano eccitati. Entrambi. Davanti a quella porta appena socchiusa che poteva o spalancarsi o chiudersi di colpo ermeticamente. Tanto che Giulio non s'arrabbiò più di tanto nel rendersi conto che Simona lo aveva lasciato parlare per tutta la sera prima di mostrargli quel biglietto. Quel biglietto di cui aveva capito subito l'importanza non appena lui aveva pronunciato il nome di Marianne Faraday.

Due cose, giunti a quel punto, erano certe: quella sera sarebbero andati tutti e due a letto tardi; e quel doppio giallo o lo avrebbero risolto insieme o sarebbe rimasto insoluto.

Giulio e Simona uscirono dal ristorante che ormai erano le due di notte passate. Lei lo portò in un bar davanti alla stazione Principe, uno dei pochi ancora aperti in città. Un porto di mare per gente di tutti i tipi: c'erano travestiti e prostitute, terzomondiali e postini in attesa di prendere servizio all'ufficio spedizione pacchi della stazione. C'erano barboni che mendicavano l'ultimo bicchiere e viaggiatori che avevano perso l'ultimo treno della notte. Seduti a un tavolino accanto alla vetrata, Simona e Giulio guardavano senza vedere quella variopinta umanità che sfilava davanti ai loro occhi. Davanti a due bicchieri di cognac ripercorsero ad alta voce, l'uno per l'altro, tutti i particolari che conoscevano sui due delitti. Cercavano, senza sapere quale potesse essere, un altro punto che potesse collegarli; un'altra labile traccia che potesse toglierli dalla sacca d'entusiasmo e incanalarli in qualcosa da fare. Ci volle un secondo cognac e altre due ore di fatti, ipotesi e idee in libertà. Ma alla fine lo trovarono, quel nuovo punto di collegamento. Meglio: quello che poteva essere un nuovo punto di contatto. Giulio ricordò quanto gli aveva detto Paolo, il suo fotografo: – La bella Marianne aveva una sorella morta un po' di tempo fa... Di droga, pare.

Gli occhi di Simona si accesero all'istante. E non era solo colpa del doppio cognac.

– Giovanna Turci aveva un'amica del cuore. Era una sua

compagna di classe: morta per droga. Me ne ha parlato suo padre... Si chiamava Liza. Era inglese.

Non ebbero bisogno di dire nient'altro. Giulio si alzò, si avvicinò al bancone e pagò le consumazioni. Lei provò a fare la finta tonta, mettendo in campo una femminilità che aveva cercato di nascondere per tutta la sera dietro un'aria professionale.

– Dove andiamo?

– In questura, commissario. In questura...

## XVIII

Elisabeth Harold Faraday, cioè Liza, era stata trovata morta la mattina del 30 aprile dell'anno precedente. Uno spazzino ne aveva scorto il corpo tra alcuni arbusti nello spiazzo di fianco al campo sportivo di Cogoleto, sulla riviera ligure di ponente. Il rapporto di polizia sottolineava che sul suo corpo non c'era alcun segno di violenza. C'era, invece, abbandonata a poca distanza, una siringa per insulina. L'autopsia aveva poi confermato la morte per overdose di eroina. Il medico legale, il professor Ubaldo Schiaffino, aveva trovato sull'avambraccio sinistro della ragazza un unico buco.

Aveva diciassette anni, Liza Faraday. E dalla foto del suo passaporto sembrava ancora più giovane. Capelli neri lunghi, occhi chiari, un viso ovale. Pulito, senza ombra di trucco. Il flash della macchina per fotografie l'aveva sorpresa con un sorriso timido, di circostanza. Della vitalità che l'animava e della quale avevano parlato le persone che la conoscevano, in quella foto non c'era proprio traccia. Ma che, nonostante l'aspetto, la piccola Liza fosse tutt'altro che una ragazza timida e introversa lo avevano raccontato tutte. Dalle suore del convitto di Apparizione, dove alloggiava da due anni, alle professoresse del liceo artistico, alle sue compagne di classe.

Nelle brevi note che aveva stilato l'ispettore Pinna era riportata anche la testimonianza di Giovanna Turci. Accanto al suo nome il graduato di origine sarda aveva aperto una parentesi: compagna di banco e amica del cuore. Giovanna aveva giurato e spergiurato che Liza non era una eroinomane, che mai aveva avuto a che fare con la droga. Ma se la sua testimonianza aveva aperto uno spiraglio di sospetto nel giovane ispettore di polizia, questo era stato abbandonato quasi subito. Quando, nel cercare i parenti più stretti della giovane morta, si era scoperto che al mondo aveva solo una sorella, una certa Marianne e che questa abitava in Italia, a Roma, dove si manteneva facendo la vita.

– Con una sorella simile, che fine poteva fare...

Era stato l'epitaffio non scritto che aveva definitivamente archiviato il caso come una delle tante morti per droga avvenute negli ultimi mesi in città. Ed era stato probabilmente solo per un puntiglio professionale se l'ispettore Pinna aveva allegato alla sua relazione un elenco di quanto conteneva la borsa trovata accanto al cadavere: un borsellino con 49 euro e 20 centesimi in banconote e monete di diversi tagli; una sterlina d'argento; un fazzoletto azzurro ricamato con le iniziali del nome; un pacchetto di sigarette Muratti con quattordici sigarette; un accendino di plastica viola; un'agenda con segnati i numeri di telefono di amiche e professoresse; una macchina fotografica instamatic con flash incorporato di marca giapponese. L'ispettore aveva messo tutto in un pacco e, come da regolamento, lo aveva spedito al commissariato più vicino all'abitazione di Marianne Faraday, sorella e unica erede della ragazza morta. Avrebbero pensato i colleghi della capitale a consegnarle "gli effetti personali della vittima", previa firma per ricevuta.

Nel fascicolo di polizia qualcuno aveva archiviato, chissà poi per quale ragione, anche due articoli di giornale che avevano dato notizia della morte per overdose. In uno, su "Il Secolo XIX", compariva addirittura una breve intervista alla sorella della ragazza. Marianne Faraday, «con la voce rotta dal pianto», scriveva il cronista, aveva raccontato che lei e Liza erano rimaste sole al mondo due anni prima: i loro genitori erano morti in un incidente stradale nei pressi di Birmingham. Lei, che all'epoca viveva già da un paio di anni in Italia, aveva chiamato presso di sé la sorella. Per un mese o poco più le due donne avevano vissuto insieme nell'appartamento di Campo dei Fiori. Poi Liza era stata sistemata in collegio a Genova, presso le suore di Apparizione, e iscritta al liceo artistico. Sul perché di quella decisione Marianne Faraday aveva glissato, pur precisando che era lei a pagare la retta del collegio. E il cronista, per buon gusto, non aveva insistito. Immaginando, evidentemente, che quella separazione fosse una diretta conseguenza del "particolare lavoro" della sorella maggiore. Su una cosa, nell'intervista, Marianne Faraday era stata categorica: Liza non aveva mai fatto uso di droga, e per lei quella morte risultava assolutamente inspiegabile. Per non dire sospetta. Il pezzo riportava anche notizie di contorno fornite dalla sorella che confermavano in larga parte il ritratto che della diciassettene uccisa da overdose avevano tracciato le testimonianze genovesi. Liza era una ragazza estroversa, sognatrice, con la passione della musica e della pittura. Un'adolescente che viveva allegramente la sua gioventù ma che, come una damigella dell'Ottocento, aspettava di incontrare il grande amore.

Simona chiuse il fascicolo di polizia e corse in cucina a spegnere il gas sotto la caffettiera che sbuffava come una locomotiva da ormai qualche minuto. Nonostante l'avesse riletto appena sveglia, in quelle tre pagine dattiloscritte e in quei due ritagli di giornali, c'era un'unica cosa che attirava la sua attenzione ed era sempre la stessa: la macchina fotografica. Un particolare sul quale, la notte precedente, si era soffermato anche Giulio.

– C'era il rullino, dentro?

Aveva subito domandato quella notte nel salone polveroso dell'archivio indicandole quell'unico oggetto nella lunga lista di quelli trovati nella borsa di Liza. E lei, Simona, si era sorpresa nello scoprire che avevano avuto la medesima intuizione nello stesso, identico istante.

Sorrise mentre versava il caffè nero nella tazza. Era piombato a Genova come una tromba d'aria, le aveva fatto bere più cognac in una serata di quanto ne bevesse in una settimana, l'aveva trascinata in questura alle tre di notte come se fosse lui il poliziotto. E per chiudere la nottata si era fatto pure accompagnare in hotel.

– Ci vediamo domani a mezzogiorno... Anzi oggi.

Ma che mezzogiorno e mezzogiorno. Lei aveva la riunione delle nove in punto. E guai a essere in ritardo. Non poteva nemmeno giustificarsi raccontando che aveva dormito solo due ore perché aveva passato l'intera nottata nell'archivio della questura insieme a un giornalista di Roma conosciuto la sera prima. L'avrebbero presa per matta.

Strano tipo quel Giulio. E dire che a prima vista non le aveva fatto una grande impressione. L'aveva guardata con troppa intensità facendola sentire in imbarazzo, cosa che non tollerava. Di lui, non a caso, l'avevano colpita gli occhi: piccoli e azzurri, in costante movimento dietro gli occhiali di tartaruga. Indagatori. Si era sorpresa, subito dopo, della sua altezza. Vedendolo uscire dall'ascensore le era sembrato basso e piuttosto tarchiato. Da vicino, invece, la sovrastava di dieci centimetri buoni, il che lo piazzava alla soglia del metro e ottanta. Grasso, poi, non si poteva dire. Appesantito, forse un po'. Dal poco moto e leggermente incurvato dalla professione. Ripensandoci, a farlo sembrare più basso e tozzo, era stato l'ampio soprabito verde chiaro che indossava. Senza di quello, al ristorante, era sembrato meno goffo. Spigliato, semmai. Col viso ringiovanito da una sgargiante cravatta a righe rosso e verde smeraldo. Una chiazza d'allegria sulla camicia azzurra sotto la giacca grigia spigata. Era stato solo in quel momento, quasi seguendo le venature chiare del tessuto, che aveva scorto, fra i suoi capelli a riccioli neri, qualche filo argentato.

Simona trangugiò il caffè bollente e amaro e si diresse in bagno. La sua immagine nello specchio era disastrosa: aveva delle borse sotto gli occhi che avrebbero fatto invidia a Luis Vuitton, i capelli scarmigliati, la pelle del viso tirata. Fece scorrere l'acqua nella doccia. E ci si cacciò sotto.

– Però, tutto sommato non è mica antipatico, quel Giulio.

Mezz'ora dopo, con le gambe più legnose del solito, Simona varcò il portone della questura. Rispose distrattamente al saluto del piantone e imboccò la scala che l'avrebbe portata al terzo piano. Il tempo di posare il cappotto in ufficio e poi si sarebbe precipitata nella sala riunioni. Con la testa confusa. E non solo per la nottata trascorsa insonne. Avrebbe dovuto esternare i suoi dubbi sulla colpevolezza di Pietro Trenti, oppure no? Era già il caso di accennare al possibile collegamento tra l'assassinio di Giovanna Turci e quello di Marianne Faraday? Ed eventualmente, come avrebbe spiegato i sospetti sulla morte di Liza? Come avrebbe fatto a giustificare la presenza di un estraneo introdotto in questura di notte se Anselmo, l'archivista, si fosse già lasciato sfuggire qualcosa sulla sua visita?

Era così assorta in questi pensieri che non sentì neppure avvicinarsi il suo capo, il vicequestore Bardi.

– Complimenti, Simona. Bel lavoro. Hai fatto centro e... in tempo record.

Simona sobbalzò non riuscendo a capire se Bardi scherzava o diceva sul serio. Stava facendo dell'ironia? Il "padreterno" Trenti era già riuscito a far scarcerare suo figlio scagionandolo da ogni accusa? Un brivido freddo le corse lungo la schiena. Stava ancora cercando le parole per rispondere qualcosa senza compromettersi, quando Bardi le assestò una virile pacca sulla spalla

– Hai avuto del coraggio a mettere in galera uno come Trenti. E il tuo coraggio è stato premiato.

Questa volta Simona capì che Bardi non scherzava affatto. E allora azzardò un

– Perché? Ha confessato?

– No, no. Non correre troppo. Del resto un tipo così non confesserà mai. Non fosse altro perché sa che con lui non possiamo usare le maniere forti. Ma lo teniamo in pugno lo stesso.

Bardi avvicinò il suo volto sudaticcio a quello immacolato e stanco di Simona sparandole a bruciapelo una zaffata di toscano che le fece tornare in gola un rigurgito di cognac.

– Lo incastriamo, quel bastardo... Lo incastriamo.

Poi, come un consumato attore di quarta categoria, fece una pausa. Quindi declamò il suo colpo di scena finale

– Trenti, la notte del delitto, era agli Erzelli. D'Elia ha scovato un testimone che lo ha visto... che ha riconosciuto la sua macchina.

Il commissario si appoggiò al muro sporco e scrostato del corridoio. Esausta.

# XIX

Simona varcò le porte del carcere di Marassi accompagnata, come al solito, da un leggero brivido lungo la schiena. Sei anni buoni in polizia, l'abitudine pressoché giornaliera a trattare con delinquenti di ogni risma, non erano bastati a ritagliarle addosso la dura scorza dello sbirro. E poi, proprio Marassi, era stato il primo carcere nel quale aveva messo piede. Era successo l'anno prima, quando si era recata per la prima volta a interrogare un detenuto. Si era preparata bene per quell'occasione: in tasca aveva perfino un foglio con una lista di domande, dalle più morbide alle più dure. Fino a quelle davvero intimidatorie. Era decisa a uscire di lì con una confessione piena, strappata a ogni costo. Due ore dopo si era ritrovata in strada con il cuore stritolato da un senso di angoscia e con quello stesso foglio accartocciato in mano. Il detenuto in questione era tutto fuorché un delinquente incallito. Meglio, se lo era stato, non lo era più lì dentro, chiuso in una cella di due metri per quattro. Simona aveva ancora stampato nella mente l'immagine di quell'uomo tremante che aveva pianto per tutto il tempo dell'interrogatorio; che chiedeva notizie di sua madre. E un attimo dopo implorava come un bambino la carità di una dose di eroina, una dose soltanto.

Da quel momento Simona aveva iniziato a considerare il carcere di Marassi come una cittadella. Un piccolo paese che viveva di vita autonoma, con leggi e abitudini assolutamente diverse e incomprensibili al di fuori delle sue porte. Una comunità di uomini che aveva fatto della non libertà un costume di vita, dove tutti sapevano sempre tutto di tutti e la condanna per chi non si adattava era l'isolamento. Non solo fisico, soprattutto morale. Un luogo, per esempio, dove bastava avere un colloquio con la polizia per essere segnati col marchio dell'infamia. Un marchio indelebile, che restava anche dopo, una volta tornati nell'altra città: quella degli uomini liberi.

Il commissario stava pensando a tutto questo fissando la grata del parlatorio da dieci minuti buoni quando finalmente arrivò Pietro Trenti. Scortato da una guardia carceraria, il ragazzo si avvicinò al bancone con il passo stanco. Barba lunga, capelli arruffati, occhi opachi, guance livide: non c'era, forse, nel suo aspetto, qualcosa di quel tossicodipendente che un anno prima chiedeva notizie di sua madre? Ma nel vedere il commissario, al di là del divisorio, Trenti ebbe ugualmente un guizzo. E nei suoi occhi Simona lesse un lampo d'odio. Che si placò subito, tirato indietro dalla speranza. Se la polizia lo cercava ancora, forse non tutto era perduto.

– Buon giorno, signor Trenti. Vuole rispondere a qualche domanda? La informo che non è obbligato a farlo. So che è già stato interrogato formalmente dal magistrato. Io vorrei semplicemente chiarire qualche particolare che mi lascia dei dubbi. Quindi consideri il nostro come un colloquio privato.

Il volto di Pietro Trenti si rasserenò. Tanto da ritrovare, per un istante, la strafottenza di un tempo.

– Non mi dava del tu? Lo fa solo con le persone che deve arrestare?

Simona alzò le spalle.

– Non ha risposto alla mia domanda.

– Certo, che cosa mi costa? Tutto sommato è meglio stare qui in parlatorio che in cella d'isolamento. Ma prima mi lasci dire una cosa: non sono stato io a uccidere Giovanna Turci.

– E allora cosa ci faceva quella sera agli Erzelli? Qualcuno l'ha vista, glielo hanno detto, no? Lei alle tre del mattino stava scendendo la strada verso Cornigliano. Prima ha detto di aver prestato la sua macchina a un amico. Poi, quando le hanno chiesto il nome di questo amico, ha detto che non era vero. E che agli Erzelli c'era andato lei. Con una donna. Qual è la verità?

Il ragazzo ebbe uno scatto di rabbia.

– Ero con una donna. Cosa c'è di strano? Non sono un gay: quella sera ero andato agli Erzelli a scopare con una donna.

– Stia calmo. Lei può andare a scopare con chi vuole, come dice lei. Le confermo che, almeno per ora, non è reato. Mi rimane da soddisfare una piccola curiosità... Piccolissima: chi era la donna che era con lei? Ci pensi bene: perché è solo quella donna che può tirarla fuori di qui. Mi dica il suo nome e, se ha detto la verità, nel giro di qualche ora la faccio scarcerare. Per quell'altro fatto di droga, ci penso io.

Pietro Trenti si aggrappò a quella ciambella di salvataggio con la forza della disperazione. I muscoli del suo viso si tesero come corde di violino. Per la prima volta i suoi occhi tradirono paura e disperazione. A Simona parve di scorgervi un velo umido come di pianto a stento trattenuto.

– Se lo sapessi, quel maledetto nome! Lei crede che non l'avrei già detto al magistrato? Ma non lo so, perdio! Non lo so! Mi rendo conto che può sembrare assurdo, ma è così. Quella sera sono stato ai "Pozzi" di Loano. Ho bevuto, ho sniffato: avevo un bel po' di polverina. L'ho conosciuta sulla pista da ballo. Aveva un gran culo e delle tette che mi hanno fatto subito impazzire. Eravamo tutti e due su di giri. Ci siamo seduti su un divano, al buio e abbiamo iniziato a pomiciare. Poi siamo venuti via. Volevo portarmela a casa, ma lungo la strada non abbiamo più resistito: eravamo fatti tutti e due. Ho imboccato la prima uscita dell'autostrada e mi sono trovato davanti al cartello "Erzelli"... È tutto qui. Di quella donna non so altro. Neanche il nome.

– D'accordo. Da buon play boy lei mi racconta di essere stato a letto con una che non aveva mai visto prima. Ma almeno saprà dirmi, dopo, dove l'ha accompagnata?

– Sì. Si è fatta lasciare davanti alla stazione Principe. Non so se abbia preso un treno o un taxi. Non so nulla... Nulla! Neppure se vive in città.

Il commissario si passò una mano tra i capelli biondi, sospirando. La storia raccontata da quel ragazzo non stava in piedi. Eppure sembrava sincero. In fondo quella che raccontava era solo un'avventura: eccitante e disgraziata al tempo stesso. Se la storia era vera, Pietro Trenti era la sfiga fatta persona: sarebbe stato sufficiente, quella sera, che si appartasse con la sua amante in un altro posto e ora di quella storia avrebbe potuto vantarsi con gli amici. Adesso invece a quella sconosciuta era legato il suo destino: perché se lei non si fosse fatta viva, il ragazzo era davvero spacciato. Nessun giudice gli avrebbe mai creduto. Simona si sforzò di farlo: non fosse altro che per togliersi ogni scrupolo.

– Ammettiamo che io le creda. Lei quella sera è andato agli Erzelli con una donna. E quella stessa sera, più o meno alla stessa ora, in quello stesso posto è stata uccisa una ragazza. Dimentichiamoci per un momento che lei quella sì, la conosceva. Possibile che non abbia notato nulla? Si sforzi di ricordare... È buio, lei arriva sulla spianata con la macchina. Parcheggia, immagino dietro a un container... Non ha notato nulla di strano intorno, niente che abbia colpito la sua attenzione?

Pietro Trenti si fece serio. Era la prima volta che provava a vedere il problema sotto questo aspetto. Per un giorno e una notte era sbattuto contro il muro invalicabile dell'identità della sua compagna. Ora, con la foga della disperazione, provò a ricordare.

– Lei mi teneva il braccio sinistro sulle spalle. Ogni tanto mi cadeva addosso facendomi quasi perdere il controllo della macchina. Era ubriaca fradicia... Avevo messo su una cassetta dei Pink Floyd, a stecca. Appena arrivato sul piazzale ho sterzato a sinistra. Non so quanta strada ho fatto... Duecento, trecento metri. Poi mi sono trovato davanti a un container: quasi ci sbattevo contro. E per un attimo ho avuto un flash: sulla fiancata c'era dipinta un'aquila. Me la sono vista arrivare addosso come se fosse in picchiata. Ho frenato, spento il motore e i fari. Poi ho anche abbassato l'autoradio. Il resto... glielo lascio immaginare.

– Si stupirebbe se le dicessi che il corpo di Giovanna Turci è stato trovato addossato alla ruota di un container con la pubblicità del Fernet Branca? E lei sa che la pubblicità del Fernet Branca è proprio un'aquila?

– Nooooo! Lei vuole scherzare? Non può essere vero. Ma allora... Ma allora... Io sto qui a parlare, a fidarmi, e lei sta cercando di incastrarmi ancora di più. No, signor commissario, io al suo gioco non ci sto. Questa era una conversazione privata, ebbene ora è finita. Guardia! Guardia! Voglio tornare in cella.

– Stai seduto e non fare lo scemo, anche se a quanto pare ti è difficile. Ma non lo capisci, pezzo d'imbecille, che sto cercando di tirarti fuori dai guai? Non lo capisci che più incastrato di così è impossibile? Che neppure se confessassi di essere stato tu a uccidere Giovanna la tua posizione cambierebbe di una virgola?

Pietro Trenti si lasciò ricadere sulla seggiola e si prese il volto fra le mani. Questa volta piangeva davvero. Senza ritegno.

– Forza, continua. Cerca di ricordare. Tu eri lì, abbracciato alla tua bella sconosciuta. Non raccontarmi quello che hai fatto! Non mi interessa. Pensa se è successo qualcosa di strano... Se hai visto o sei hai sentito qualcosa... Che so, un rumore, un grido...

– Nessun grido. E nessun rumore, maledizione. A parte quello di un'altra macchina...

Simona si fece attenta. Forse era proprio questo il particolare che era venuta a cercare a Marassi. Oppure Trenti stava davvero recitando alla grande e lei aveva perso solo del tempo.

– Il rumore di una macchina?

– Sì, una macchina. Doveva essere potente, a giudicare dal rombo. Tanto che per un attimo ho avuto paura: pensavo fosse della polizia, e istintivamente ho afferrato il cappotto per coprirci. Non so che macchina fosse, ho visto solo la luce dei fari. Si dev'essere fermata dall'altra parte del container. C'è stata poco, però.

– Poco quanto?

– Cinque minuti... Non posso dirlo con precisione. Sicuramente poco. So che, prima di rimetterci a fare l'amore, abbiamo commentato: «Un eiaculatore precoce».

L'"altra città" si presentò agli occhi del commissario con una carovana di zingari appena arrivata in piazzale Marassi; con una decina di bambini che si rincorrevano tra le auto parcheggiate, con le donne che stavano preparando il fuoco per la cena e gli uomini seduti sull'argine del torrente Bisagno a fumare e chiacchierare. Simona attraversò la strada e raggiunse l'auto di servizio che l'aveva accompagnata fin lì un'ora prima. Con un dubbio in più: se Pietro Trenti non aveva mentito, Giovanna Turci non era stata né uccisa né violentata agli Erzelli. Sulla collina che domina Cornigliano era arrivato solo il suo cadavere.

# XX

*È strano come un cadavere assomigli presto a un oggetto. L'intensità del delitto si consuma in un solo attimo. Poi cala un silenzio totale. Un silenzio dell'anima che annichilisce ogni stupore. Anche la coscienza di aver ucciso si assopisce. Un torpore leggero avvolge la scena di ogni delitto. È difficile, impossibile ridestarsi. È come se la mente continuasse a lavorare da sola chiedendo: «Cos'è quella cosa inanimata che è lì per terra? Aveva un moto proprio, quell' involucro di pelle? Aveva pensieri, aneliti, sospiri?».*

*Nulla è così oggetto come l'essere che hai ucciso. Il suo stesso sangue è solo una finzione. È inchiostro rosso spruzzato sugli abiti di scena dell'eroe ferito in duello. I suoi occhi sono vetri, come quelli delle fiere imbalsamate custodite nelle teche dei musei; poste là a imperitura gloria del cacciatore che le ha abbattute.*

*C'è una cosa, una cosa sola che sopravvive alla realtà della morte: il suo odore. Dolciastro, invadente. Un odore che prende alla gola, che dà il vomito. Ed è una fortuna, altrimenti verrebbe voglia di restare lì, fermi ad ammirare la propria opera come fa il pittore con la tela dopo l'ultima pennellata. È quell'odore che fa fuggire, dopo. Quel senso di nausea, di soffocamento, che fa cercare l'aria pulita, l'"altrove".*

*L'ha mai sentito lei, quell'odore, commissario? No, non credo. Lei, per contratto, arriva sempre dopo. Quando l'effluvio dell'assassinio è ormai svanito. A lei è riservato solo l'odore della morte. Mai quello del delitto.*

## XXI

Le banconote schizzarono dalla mano di Alfredo come carte da gioco da quelle di un prestigiatore. Colpirono come uno schiaffo il volto di Violetta che si accasciò al suolo in un fruscio di abiti di seta. «...Questa donna pagata io l'ho!», tuonò la voce del tenore. E dalla buca, l'orchestra esplose nel finale del terzo atto. Simona si voltò verso Giulio scoprendo sul suo viso un'espressione corrucciata, quasi che quello "schiaffo" l'avesse ricevuto lui. Come se per un attimo avesse pensato che quel finale d'atto potesse essere modificato; che quello sfregio, dettato da una secolare incomprensione, potesse essere rimediato. Un attimo dopo lo vide applaudire. Assorto, pieno di gratitudine per quelle due ore di musica e di dimenticanza che Verdi, ancora una volta, gli aveva regalato.

Il foyer tutto marmi bianchi del teatro Carlo Felice era già gremito quando Giulio e Simona vi fecero ingresso. Un brusio rappreso aveva sostituito la musica. Un accavallarsi di commenti e di banalità. Un rincorrersi di svenevolezze e di timidi approcci, di battute d'affari e di sorrisi tirati.

– Una bella Violetta, questo giovane soprano? Vero cara?

– Senza dubbio... Una voce sottile, ben modulata. Ma te la ricordi, tu, Maria? Quella sera alla Scala... C'eri, nevvero, tu alla Scala alla *Traviata* con la Callas e Toscanini?

L'abito lungo fino ai piedi, nero totale, si addiceva benissimo alle due carampane che piazzate nel bel mezzo del foyer fumavano da lunghi bocchini dorati estenuate sigarette alla menta. Un secolo e mezzo in due, portavano con fatica il carico di gioielli che per l'occasione avevano ritirato dai caveau delle loro banche. La loro carne flaccida era impregnata fino alla nausea di Chanel numero 5. La nuvola che le circondava colpì come un pugno le narici di Simona che ebbe uno scarto. Anche lei era vestita in nero. Un abito per tutte le occasioni, un tailleur che le modellava le forme conferendole un aspetto al tempo stesso austero ed eccitante. Anche lei aveva abbondato di profumo più del solito, ma era una fragranza leggera, che l'avvolgeva con tenerezza. Giulio la prese sottobraccio e l'accompagnò verso il bar. Ma la ressa era così impenetrabile che bastò loro uno sguardo per decidere di desistere. Si avviarono, dunque, verso un divano sfiorando quella sorta di circolo fatato che, come un cono rovesciato, attraversava tutti i piani del teatro unendo il centro del foyer direttamente con il cielo. Presero posto sul tessuto grezzo, blu marino, che copriva le splendide ottomane in tek addossate alle pareti.

– De Mainardi, stasera, è in stato di grazia, esordì Giulio porgendo alla sua compagna una sigaretta.

– Sì, è emozionante. Ma... devo confessarti che è la prima volta che vedo *Traviata* in teatro. Mi è capitato di sentirne qualche brano in disco. Anzi, credo che a cantare fosse proprio "Maria", come dicevano quelle due.

– Lascia stare quelle due. È la gente come loro che rovina l'opera. Vengono a teatro solo per mostrare i gioielli e per osservare quelli delle altre. Fanno a gara nel ricordare eventi lirici ai quali erano presenti e non sanno riconoscere un'oca da un soprano. E non basta. Si lanciano anche in giudizi perentori. La lirica è un'altra cosa: è immedesimazione, sogno, sofferenza. È un'idea che la musica sublima in un rincorrersi di note e stati d'animo. È poesia.

Giulio si era lasciato andare e Simona restò col sorriso a metà: sicuramente colpita, ma anche un po' imbarazzata. Soprattutto della sua ignoranza in materia. Cosa avrebbe dovuto rispondere a quell'uomo così duro in apparenza che sapeva, d'improvviso, mettere in campo una sensibilità a fior di pelle? E solo ascoltando un po' di musica? Così rimase zitta. Ammutolita, riprese a guardarsi intorno fumando lentamente la sigaretta che lui le aveva acceso. Giulio capì il suo imbarazzo e da vecchio cronista di nera abituato a pilotare il discorso verso strade più comunicative, virò di novanta gradi.

– Non hai finito di raccontarmi quello che ti ha detto Pietro Trenti in carcere. Davvero pensi che Giovanna Turci potrebbe essere stata uccisa in un altro posto e trasportata morta agli Erzelli?

All'interno del tailleur nero la bella donna lasciò il posto al commissario di polizia. E quest'ultimo si irrigidì. Se quel giornalista con la passione per la musica pensava che per un invito a teatro e qualche frase poetica lei gli avrebbe raccontato tutto, si sbagliava di grosso.

– Andiamoci piano, signor Giulio! A quanto mi risulta questa è la "mia" inchiesta, non la "nostra". Ti ho già detto fin troppo. E poi... vedi... Un'indagine di polizia è qualcosa di intimo, personale. È una lotta che tu ingaggi con il mistero e le tue armi sono fatte di intuizioni, ma anche e soprattutto di prove. Non c'è poesia. C'è fatica e scoramento. E soprattutto dubbi, tanti dubbi. Perché, comunque sia, tu hai a che fare con la vita delle persone... Tu diventi una specie di "aggiustatore" dei destini altrui. E questo bisogna farlo in solitudine, senza pubblicità.

– Touché!

Il campanello della fine intervallo aveva già suonato due volte. Il terzo squillo fece da colonna sonora a quel "touché". Giulio si alzò porgendo il braccio a quello scontroso commissario che si era portato a teatro. E fu il miracolo: Simona lo prese a braccetto con la disinvoltura di una fidanzata. In ogni caso il poliziotto tornò donna. E che donna.

Il quarto atto di *Traviata* si aprì col gemito struggente degli archi. La fine di Violetta, il dolore di Alfredo, il pentimento di papà Germont si rincorsero in un crescendo di emozioni inaudite. E quando finalmente il sipario calò tra ovazioni di pubblico e lanci di fiori al proscenio, Simona scorse negli occhi di Giulio quell'acquosità azzurrognola che poche ore prima aveva scoperto negli occhi impauriti di Pietro Trenti. Animali ben strani, gli uomini! Pensò il commissario. Che piangono per paura e per poesia, lasciando cadere quella corazza che secoli di cultura gli ha ritagliato addosso.

Per superare l'arcigno sbarramento che gli uscieri avevano eretto all'imboccatura del corridoio che portava ai camerini, Simona fu tentata di esibire la sua tessera di commissario. Non lo fece perché Giulio l'anticipò con il fare deciso che, nei lunghi anni di professione, aveva imparato ad avere in occasioni simili.

– Sono Leonardi, un giornalista... Il maestro mi aspetta.

Il camerino di De Mainardi era l'ultimo a sinistra, in fondo a un corridoio del primo piano, proprio a fianco della sala prove. Che proprio lì si trovasse il direttore d'orchestra si capiva immediatamente dal fatto che davanti alla sua porta non c'era nessuno. I melomani genovesi stavano prendendo d'assalto tenore, soprano e baritono. In ordine decrescente di presenze. Anche perché quella sera a brillare sulla scena non era stata tanto la Violetta della Fivizzani quanto l'impetuoso Alfredo di Merlin. E ancora una volta Giulio si domandò perché mai i direttori d'orchestra venissero così puntualmente snobbati dai loggionisti. Salvo qualche dorata eccezione, era come se i patiti dell'opera considerassero le bacchette che guidavano l'orchestra alla stregua di meri esecutori a supporto delle voci.

Dietro la porta appena socchiusa Giulio scorse De Mainardi accasciato su una poltrona. Il viso tirato, i capelli arruffati, riuniti a ciocche dal sudore, lo sparato della camicia sbottonato, la farfalla nera appesa per una striscia al colletto. Sul ripiano della toilette, accanto all'enorme fazzoletto rosso che Giulio sapeva essere il portafortuna del maestro, una schiera di bacchette di diverse misure. Anche quella era una mania di De Mainardi: sceglieva quella per dirigere solo all'ultimo momento, a seconda dell'umore; e, spesso, la cambiava tra un atto e l'altro.

Giulio bussò.

– Avanti!

La voce arrochita dalla stanchezza del direttore suonò infastidita. In contrasto con il viso che, nel vedere Giulio, si accese di un sorriso non di cortesia.

– Dottor Leonardi, è venuto sul serio... Nonostante le avessi lasciato i biglietti alla reception, non pensavo proprio che ce l'avrebbe fatta. Sempre alle prese con quel suo delitto?

– Naturalmente! Tanto che anche qui a teatro sono venuto col commissario di polizia che conduce l'inchiesta. Anzi, già che ci siamo vorrei presentarglielo...

E consapevole dell'effetto che avrebbe provocato, Giulio spalancò la porta e si spostò di lato per lasciare entrare "il commissario". Simona capì e accettò il gioco. Avanzò di un passo ben attenta a che la gonna si alzasse appena un poco sopra il ginocchio, gonfiò il petto e protendendo avanti la mano per stringere quella del direttore, sfoggiò uno dei suoi sorrisi più ammalianti.

– Però! Da un commissario del genere mi farei arrestare subito. Benvenuta al Carlo Felice, commissario... signorina...

– Ottonello, Simona Ottonello.

De Mainardi si alzò dal divano e, sprofondando in un inchino, si esibì in un baciamano alla Germont. E sussurrò:

– Incantato...

Per dieci minuti buoni Giulio e il maestro parlarono di *Traviata*. Si inabissarono in considerazioni tecniche sulle voci e sulla resa dell'orchestra per poi riemergere in uno scambio di vedute sul messaggio poetico insito nella musica verdiana. Simona, in silenzio, li ascoltava ingannando il suo imbarazzo guardandosi intorno, incuriosita da quell'ambiente. Era la prima volta che si trovava dietro le quinte di un grande teatro. Il camerino era spoglio. Oltre alla poltrona in raso amaranto sulla quale avevano sorpreso accasciato De Mainardi, nella stanza c'erano un armadio e un lavabo di maiolica con accanto un piccolo frigorifero. Davanti alla specchiera, sopra la toilette, c'era una normalissima seggiola di legno. Simona contò le bacchette abbandonate sul ripiano: erano tredici. Un numero cabalistico? E lì accanto l'unico oggetto veramente personale che, a parte gli abiti, si trovasse in quella stanza: un portaritratti d'argento che incorniciava la fotografia di una donna. Un'anziana signora con i capelli bianchi, seduta sulla panchina di un parco. Sull'erba del prato, scritta con grafia svolazzante d'altri tempi, una dedica: «A mio figlio».

– Signorina, la staremo sicuramente annoiando con queste nostre disquisizioni d'ammalati d'opera.

– Affatto... Anzi...

– E poi sono un vero cafone... Vi prego di scusarmi. Ho qui in frigo una bottiglia di champagne... Sarei davvero onorato se voleste brindare con me al successo di stasera.

Prima ancora di attendere risposta, De Mainardi fece saltare il tappo alla bottiglia di Veuve Cliquot fresca al punto giusto. E porse a Simona un calice spumeggiante.

– A *Traviata*! – esclamò Giulio.

– A Verdi e a una brillante soluzione del vostro caso, fece De Mainardi di rimando.

E poi: – A proposito, Leonardi... L'ultima volta che ci siamo visti mi aveva lasciato col fiato sospeso. Ci sono novità? Sa, anche noi musicisti siamo curiosi, e non solo quando si tratta di costruzioni armoniche.

– Un ricatto! Secondo me Marianne Faraday, a Roma, e Giovanna Turci, a Genova, sono state uccise dalla stessa persona. Una persona che ha agito perché vittima di un ricatto.

Simona sbiancò. In primo luogo perché considerava assolutamente folle spiattellare in quel modo e col primo venuto un'ipotesi investigativa così delicata. E poi perché era proprio quella l'idea che si era fatta lei stessa dei due delitti. Un'idea che, dopo il colloquio con Pietro Trenti in carcere, era andata maturando con prepotenza nella sua mente. E di cui non aveva assolutamente parlato a Giulio.

# XXII

– Perché non continuiamo a scannarci in un bar? Davanti a un cognac è meglio. Litigare in macchina, oltre a essere antipatico, è maledettamente scomodo. Oltretutto al buio non ci si vede bene in faccia.

Giulio era riuscito ad arrestare per un secondo il fiume di parole con il quale il commissario Simona lo aveva investito appena usciti dal teatro Carlo Felice. Un fiume in piena scaturito da un rigagnolo all'apparenza sterile. Da un'unica parola pronunciata da Giulio per rispondere a una domanda di De Mainardi: «Ricatto!». Simona non l'aveva proprio digerito. Che si svelassero ipotesi investigative al primo venuto le era parso inaccettabile. E se era stata zitta e buona finché erano rimasti nel camerino, appena usciti, in piazza De Ferrari, proprio sotto il monumento a Garibaldi, era partita all'attacco con un taglientissimo

– Signor giornalista, io le mie inchieste non sono solita farle a teatro.

Giulio aveva fatto fatica a capire. In primo luogo perché l'ipotesi del ricatto se l'era costruita autonomamente, senza neppure pensare che la polizia stesse seguendo proprio quella stessa pista. E poi perché, quel pomeriggio stesso, aveva inviato al suo giornale un lungo articolo proprio su quella tesi. Il fatto di averne parlato con De Mainardi, era solo l'anticipazione di quanto chiunque avrebbe potuto leggere sul giornale da lì a poche ore. Un'obiezione, quest'ultima, che buttata lì con l'intenzione di rabbonire il commissario, non aveva fatto altro che aggravare la situazione.

– Mi vuoi dire che hai scritto tutto, proprio tutto sul tuo giornale?

Simona si era fermata di scatto. Poi aveva abbassato il capo e soggiunto a voce bassissima, quasi fra sé e sé.

– È colpa mia! Tutta colpa mia! Sono stata una stupida. Non dovevo fidarmi di un giornalista. Per di più di uno che conosco da due giorni.

Lui aveva accusato il colpo e aveva cercato in ogni modo di calmarla e, soprattutto, di farle cambiare opinione. Così l'aveva seguita fino al parcheggio. Ed era salito in macchina con lei, deciso a chiarire quello che per lui era e restava solo un malinteso. I ruoli, tra loro due, erano chiari fin dall'inizio. Lei poliziotta, a caccia dell'assassino, vincolata alla provata realtà dei fatti; lui, giornalista, libero di fare e scrivere ipotesi magari non ancora suffragate da prove ma in ogni caso plausibili. E poi la storia del ricatto gli era venuta in mente in redazione alle cinque e mezza di quel pomeriggio. Facendo il punto su quanto aveva scoperto (grazie a lei, certo, ma non solo) nelle ultime ventiquattro ore, proprio quella gli era parsa la soluzione più logica. Tutto qui. Senza dover presentare delle prove al magistrato, ma neppure dover dare delle spiegazioni alla polizia.

E così avevano continuato a discutere. Inacidendosi, arroccandosi man mano ognuno sulle proprie posizioni. Tanto che Simona, per abitudine, senza neppure pensarci, aveva guidato fino a Nervi, fin sotto casa sua. Quando se n'era accorta, aveva pensato di tornare indietro. Di riportare Giulio in centro, al suo hotel. Poi, dentro di sé, aveva alzato le spalle. «Chi se ne frega – si era detta – tornerà a piedi, così impara». La situazione fra di loro era a questi punti quando Giulio aveva proposto di andare a bere qualcosa in un bar.

– È tardi! Ormai è tutto chiuso. E poi credo che per stasera non abbiamo proprio nient'altro da dirci.

Giulio guardò l'orologio. Erano le due meno venti del mattino, cioè sicuramente tardi. Ma si rese anche conto che, se se ne fosse andato, l'indomani mattina il rapporto con Simona sarebbe stato probabilmente irrecuperabile. E sarebbe stato un peccato, non solo professionalmente. Cercò allora nella mente intorpidita dalla stanchezza e dalla furia della discussione un'idea, una parola per riallacciare il dialogo.

– C'è una riviera a pochi chilometri da qua. Possibile che non ci sia un bar aperto? Perché vedi... Ti sei tanto incazzata per questa sciocchezza che ti sei addirittura dimenticata di far la poliziotta: non mi hai neppure chiesto come sono arrivato a questa ipotesi del ricatto.

Lei strinse il volante con forza. E lui non capì se era un gesto di rabbia o di resa divertita e inespressa. Fatto sta che tirò un sospiro di sollievo nel sentire

– Ho della birra in frigo. Vieni su e spiegami la tua teoria, signor Sherlock Holmes.

Solo in quel momento Giulio capì che quel posteggio, ai lati dell'Aurelia, non era casuale. E, insieme, intuì anche che aveva rischiato di essere mollato per strada, a una decina di chilometri almeno dal suo hotel. Senza neppure un telefono per chiamare un taxi.

L'appartamento di uno scapolo. O meglio, di una nubile. Piccolo ma accogliente; spartano, ma arredato con gusto. Un soggiorno con cucina, una camera da letto proprio davanti alla porta d'ingresso e un bagno. Il tutto, naturalmente, con vista a mare, sul piccolo porticciolo di Nervi. Nel suo genere una piccola bomboniera. Una bomboniera color confetto visto che lì il colore che dominava era proprio il bianco.

– Siediti lì e sta' zitto per cinque minuti! – ordinò il commissario indicando un divano che occupava buona parte del tinello.

Giulio ubbidì. Con lo sguardo seguì Simona scomparire dietro il muretto che divideva il soggiorno dal cucinino per prendere due birre dal frigorifero. La guardò fissa mentre si avvicinava stringendo in mano bottiglie e bicchieri. Rimase provocatoriamente zitto mentre lei, versata la birra, gliela porse. Non parlò neppure quando si sedette a fianco a lui sul divano. Rimase muto come un pesce, cercando di assumere l'aria di un bambino appena rimproverato.

– Molto bene! Adesso puoi parlare. E cerca di essere conciso, chiaro e convincente perché sono ancora incazzata.

Giulio levò in alto il bicchiere.

– Prosit!

Simona esplose in una risata. Era la sigla della pace. Da quel momento, fino alle cinque del mattino, rimasero seduti a bere birra e a chiarirsi insieme le sottili trame di un giallo che li aveva fatti conoscere, avviluppandoli col filo comune della curiosità. Non solo professionale...

Era stato Giulio a ripercorrere, per tutti e due, le tappe fondamentali della loro comune inchiesta-indagine. Lo aveva fatto seguendo i ritmi di un reportage giornalistico, dando quasi per certa un'imminente soluzione. Simona si era limitata a fare qualche domanda, a sollevare obiezioni. Si era insomma riservata la parte più ingrata: quella di chi vuole a tutti i costi rompere una costruzione che sta venendo su solida e ben architettata.

La ricostruzione di Giulio era partita da Roma, dall'assassinio di Marianne Faraday: un assassinio fuori dalle regole, senza un movente palese. E poi dalle circostanze che lo avevano portato a Genova: quella cartolina che collegava una prostituta a una studentessa della buona società genovese. Una studentessa anche lei morta ammazzata senza un perché. In entrambi i casi, per di più, l'assassino aveva organizzato la messa in scena di una violenza sessuale. Che cosa poteva unire quelle due donne, oltre la tragica fine che avevano fatto? Una cartolina firmata Giovanna era davvero piccola cosa. Ma, guarda caso, a Pietro Trenti era stato sequestrato un biglietto che gli aveva consegnato Giovanna con un altro messaggio, questa volta di Marianne. Un messaggio ben più importante: «so proprio tutto». Cosa sapeva la prostituta romana? A quale mistero si riferiva? E perché ne scriveva la soluzione a Giovanna? L'unica possibilità, l'unico punto di contatto tra le due donne era Liza. Liza Faraday, sorella minore di Marianne. Liza Faraday, compagna di banco di Giovanna. Liza Faraday trovata morta per droga sei mesi prima. E se quell'overdose fosse stata procurata, così come sia Marianne che Giovanna avevano dichiarato ai cronisti all'indomani della scoperta del cadavere?

– Ecco, l'ipotesi del ricatto mi è venuta così. Pensando alla possibilità che Liza sia stata uccisa a sua volta; e che la sorella e la compagna di classe si fossero alleate per scoprirne l'assassino. E che ce l'avessero fatta.

Simona l'aveva interrotto per l'ennesima volta.

– Perché, allora, non si sarebbero rivolte alla polizia? Ammettendo che il messaggio di Marianne si riferisse proprio a questo, la cosa più facile per tutte e due era quella di venire in questura e fare una denuncia.

– Siamo alle solite, commissario! Tu sei affascinante ma ragioni troppo da sbirro. Poni il caso che, così come è molto probabile, fossero certe di avere individuato l'assassino ma non avessero in mano uno straccio di prova. E tu, poliziotto, crederesti a quello che ti vengono a raccontare una ragazzina e una prostituta quando l'inchiesta ufficiale è già stata archiaviata? No, l'unica soluzione, per loro, era quella di provarci da sole. E chissà, magari venire alla polizia in un secondo tempo. Ricattare l'assassino poteva essere il modo per prendere i classici due piccioni con una fava: se pagava, era come se si autodenunciasse; se non lo faceva, poteva comunque commettere qualche passo falso che prima o poi l'avrebbe tradito.

– E tu credi che proprio a una ragazzina di diciassette anni, per giunta benestante, venga in mente di organizzare un ricatto?

– No, non lo credo. Non è stata lei ad avere l'idea. È stata Marianne. Lei forse non lo sapeva neppure.

La pendola postmoderna di casa Ottonello batté le quattro e mezza. Sul tavolino le bottiglie di birra si erano triplicate e riposavano accanto a due piatti con i resti di una rapidissima aglio, olio e peperoncino cucinata tra un ragionamento e l'altro. Il posacenere traboccava di filtri di sigarette: quelli bianchi screziati di rossetto di lei, e quelli marroncini sfruttati fino all'esaurimento di lui. Simona si stropicciò gli occhi con le dita per scacciare la stanchezza.

– D'accordo. Ammettiamo che questa ricostruzione dei fatti sia giusta. Ammettiamo, quindi, che a uccidere le tre donne sia stata una stessa persona. Ma qual era l'arma del ricatto?

Giulio, per la prima volta in quella sera, chinò il capo sconfitto. A quella domanda proprio non sapeva rispondere. E la stanchezza lo tradì

– Se lo avessi saputo, lo avrei scritto.

Nella minuscola casa di Nervi spirò il vento gelido del polo nord. Ma fu un attimo solo. Il gelo di quella dichiarazione si squagliò sotto la solare risata di Simona

– Ma sei proprio un pezzo di merda, allora...

Lui tracannò d'un sorso l'ultimo bicchiere di birra, sollevato. Se anche tutta quella costruzione fosse stata un'invenzione, a loro due era comunque servita a superare l'invalicabile barriera che spesso divide un buon giornalista da un buon poliziotto. Cercò allora di non deluderla, anche a costo di andare a sbattere contro una nuova, lapidaria obiezione.

– Ti ricordi la borsetta di Liza? Ti ricordi quel lungo elenco degli oggetti che conteneva? Tra le altre cose c'era anche una macchina fotografica. Siamo sicuri che fosse vuota? Perché se così non era, Marianne ha ricevuto direttamente al suo domicilio le ultime fotografie scattate da sua sorella. E...

– ...Fra di esse c'era anche quella del suo assassino.

Per qualche minuto restarono in silenzio. Ognuno ad assaporare in solitudine quella che poteva essere la soluzione. E furono i cinque tocchi di quell'assurdo pendolo in acciaio inox a riscuoterli.

– Potrei fermarmi a dormire qua. Che ne dici?

– Non c'è problema. Questo divano è comodissimo... E da qualche parte devo avere anche una coperta.

– Ricevuto! Posso chiamare un taxi, per favore?

## XXIII

Le fotografie c'erano davvero. Un po' dovunque, nella casa di Marianne. Nella libreria, pazientemente appiccitate su grandi album in carta riciclata. Esposte, in bella vista, inquadrate da cornici d'argento, su tavoli, ripiani, mensole. Ce n'era perfino una, enorme, attaccata al muro della camera da letto: un poster che raffigurava la padrona di casa al mare, con un bikini mozzafiato. Negli album Simona aveva trovato immagini di Liza e Marianne da bambine. Immagini che avevano per sfondo la grigia periferia di Birmingham. Oppure gli assolati, cangianti orizzonti della scogliera di Dover. Due ragazzine della buona borghesia inglese, a guardare i loro cappottini ordinati, le scarpe lucide e i lunghi calzettoni bianchi che coprivano loro le gambe fin quasi al ginocchio. Scorci di un passato lontano mille miglia da un presente fatto di prostituzione e di morte.

Simona, per la prima mezz'ora, si era persa in quel mondo così distante e lontano, quasi volesse immergersi fino in fondo nel passato di quelle due donne. Per capire, o almeno provarci. Ma la rivelazione le era giunta aprendo l'ultimo cassetto dello scrittoio del Settecento inglese che riempiva con la sua austera importanza quasi interamente il tinello della casa di Campo dei Fiori. Era lì dentro che Marianne Faraday aveva gettato, certamente pensando di sistemarle in un secondo tempo, almeno un centinaio di fotografie. Non c'era un ordine, in quel blocco sparpagliato all'interno del cassetto. Meglio, non c'era più. Perché era evidente che qualcuno vi aveva rovistato. Impossibile dire se la polizia o l'assassino. Certo, Marianne non le aveva lasciate in quel disordine assoluto. Simona le aveva esaminate con attenzione una per una. E, alla fine, ne aveva isolate una ventina: erano proprio quelle che stava cercando. Le ultime istantanee scattate da Liza Faraday. Quelle che, certamente, erano nel rullino dentro la macchina fotografica ritrovata a Cogoleto, nella borsa accanto al cadavere della ragazza. Che fossero proprio quelle, non poteva esserci dubbio. Lo dimostravano le date impresse sulle fotografie. Evidentemente la instamatic di Liza era dotata di quel particolare dispositivo e lei lo aveva attivato prima di usarla. La prima cosa che aveva colpito Simona era ritrovare nei primi piani che evidentemente Liza si era fatta scattare da qualche amico (o addirittura dall'assassino), la medesima espressione della ragazzina che si faceva accarezzare il viso dal sole sulle scogliere di Dover. Serena, spensierata, allegra. Certo non l'espressione di una drogata.

– Hai trovato qualcosa di interessante? Qualcosa che ti aiuta a collegare i due delitti?

La voce stridula di Cinzia Pitzalis scosse Simona facendola tornare al presente. Quella voce non l'aveva mai potuta sopportare granché. Anzi, a dirla proprio tutta, quella collega tracagnotta, nera nera, con dei baffetti accennati a mo' di caricatura sarda che aveva conosciuto al corso per commissari, alla scuola di Nettuno, sulle prime non le era stata tanto simpatica. Poi, col tempo, l'aveva conosciuta. E aveva scoperto che sotto quella maschera rude di isolana si nascondeva una donna capace di grandi slanci di amicizia. Come quello di cui aveva dato dimostrazione quella mattina stessa. Appena arrivata a Roma, Simona era andata in questura per chiedere di poter fare un sopralluogo nella casa di Marianne Faraday. Aveva trovato, come si aspettava, una porta chiusa. I colleghi romani non vedevano di buon occhio che una collega genovese venisse a ficcare il naso nelle loro indagini. Del resto era normale, e sarebbe successa la stessa cosa anche a Genova. Poi aveva trovato Cinzia, quella dalla voce stridula. E lei, che del caso si era occupata, le aveva offerto di accompagnarla: senza permesso del magistrato. Per pura amicizia, in ricordo dei giorni passati assieme a Nettuno.

Cinzia l'aveva presa sotto la sua ala protettiva. E solo Simona poteva sapere quanto ne avesse bisogno. Era reduce da una notte quasi insonne, trascorsa a casa sua a esaminare con Giulio tutte le possibili ipotesi di quel giallo nel quale la sorte li aveva catapultati insieme. E, come se non bastasse, era reduce da altre due ore almeno trascorse a letto senza poter chiudere occhio. Perché la richiesta di quel curioso giornalista romano di poter dormire da lei, con lei, l'aveva colta di sorpresa. Aveva creato un pericoloso spiraglio intimo in quello che lei, fino a quel momento, aveva considerato soltanto un rapporto di lavoro. E così si era trovata costretta a fare il punto della situazione. A rendersi conto che, in fondo, anche per lei Giulio non era il solito giornalista rompiballe; che in qualche modo, con quella sua parlata un poco strascicata a denunciare lontane origini siciliane, quel suo fare strafottente eppure dolce e perfino un po' romantico, l'aveva colpita. Più di quanto lei stessa non volesse ammettere. Tanto che, a un certo punto della notte, era stata tentata di telefonargli in albergo. Di fare una pazzia. Di lasciarsi andare, una buona volta. Di dimenticare che era un commissario di polizia e di riconquistare per sé un ruolo di donna che il mestiere le imponeva di dimenticare. Aveva rinunciato, naturalmente, dicendosi che non era il caso. Almeno per quella notte.

Ma il giorno dopo, nella sala d'aspetto del Cristoforo Colombo, mentre aspettava di imbarcarsi sull'aereo per Roma, aveva temuto che lui non arrivasse. Sul tabellone il volo AZ 557 stava già lampeggiando quando Giulio l'aveva raggiunta correndo. Si erano abbracciati. Quasi come due amanti. E lei sentiva ancora su di sé l'acre profumo di colonia di lui. Il viaggio era durato poco più di un'ora, ma una volta giunti a Roma quell'incantesimo si era dissolto. Si erano lasciati con una stretta di mano davanti a due taxi in attesa. L'appuntamento, telefonico, era fissato per quella sera. Avrebbero cenato insieme, forse.

– Allora... Hai trovato qualcosa?

La voce di Cinzia lacerò nuovamente il silenzio della casa con stridore di acuti e, con esso, i pensieri del commissario.

– Sì, forse sì. Qualcosa ho trovato. Venendo qua cercavo delle fotografie... Forse sono proprio queste.

Cinzia si avvicinò allo scrittoio e prese in mano il pacchetto di istantanee che Simona le porse. Le fece scorrere lentamente una dopo l'altra. Per la maggior parte ritraevano scorci suggestivi della riviera ligure, per lo più al tramonto. Impossibile dire dove fossero state scattate. Non c'era un particolare che potesse far individuare un punto preciso del litorale. In alcune Liza sorrideva tranquilla all'obiettivo. Lo sfondo era, ancora una volta, il mare quasi al tramonto. E poi ce n'era una, probabilmente la prima del rullino, in cui Liza era abbracciata a un'altra ragazza.

– Chi sono queste due ragazze? Le conosci?

– Chi erano, vuoi dire. Sono morte tutte e due. Uccise. Una si chiamava Giovanna Turci. È quella più bassa, con i capelli corti. L'altra è Liza Faraday, la sorella di Marianne. Giovanna è stata uccisa pochi giorni fa. Liza, invece, è morta l'anno scorso: ufficialmente per overdose. Ma a questo punto, con queste foto in mano, non ci credo più.

Cinzia annuì convinta della sicurezza della compagna anche se, dalla sua spiegazione, poteva aver compreso ben poco. Meccanicamente rigirò le foto fra le mani. E la sua attenzione fu attirata dal numero di serie che era stata impressa dal fotografo che le aveva sviluppate. Provò, quasi per gioco, a metterle in ordine.

– Ehi, Simò! Ma qui mancano tre fotografie. Guarda un po' i numeri di serie...

Simona guardò l'amica senza capire. Poi guardò di nuovo le immagini che Cinzia stava ordinando, una accanto all'altra, seguendo la numerazione progressiva, sul pianale dello scrittoio. In tutto erano diciassette fotografie. La prima era quella in cui Liza e Giovanna comparivano insieme, ed era stata scattata a Genova, davanti al liceo artistico che le due ragazze frenquentavano. Poi seguiva una serie di quindici scatti più o meno uguali: erano quei paesaggi marini che Simona non avrebbe saputo collocare in nessun punto preciso della riviera. Fino a questo punto la progressione numerica era rispettata. Poi c'era l'ultima foto, che sul retro riportava il numero venti. Uno scarto di tre scatti: tre immagini che erano sparite. Tre fotografie sbagliate? Insviluppabili? Oppure erano davvero l'arma del ricatto che Simona era venuta a cercare a Roma?

Il commissario prese in mano l'ultima foto e la guardò con attenzione, come se fissandola potesse intuire il soggetto delle tre che l'avevano preceduta e che erano scomparse. Liza era seduta su una grande sedia di paglia, probabilmente a dondolo, anche se l'immagine tagliava la ragazza a mezzo busto. Dietro a lei c'era un prato con l'erba tagliata all'inglese e sulla sinistra un roseto immalinconito dal freddo. Sullo sfondo, il solito mare. Un mare grigio che, in quella successione fotografica che precedeva la morte, acquistò agli occhi di Simona la valenza di un lugubre presagio.

– Sai dov'è stata scattata?

Fu la domanda di Cinzia a far scattare nella mente del commissario come un lampo. Ma sì! Il giardino! Il roseto! E poi quel prato all'inglese che scendeva quasi a sfiorare il mare! Lei li aveva già visti. Appena pochi giorni prima. In casa Trenti.

## XXIV

*Invenzione crudele, la fotografia! Fissa per sempre un istante irripetibile. Fissa una realtà che non esiste e la ripropone all'infinito come se fosse unica. Ci sono popoli che hanno un sacro terrore della fotografia. Qualcuno è addirittura convinto che rubi l'anima. Noi, uomini del progresso, li consideriamo incivili. Ne ridiamo, liquidando la loro credenza con un'alzata di spalle. Errore! A me la fotografia ha rubato davvero l'anima. Non solo: mi sta rubando la vita.*

# XXV

– D'accordo, avvocato! Tra un'ora per me andrebbe bene... Agli stabilimenti cinematografici De Paolis. So dove sono... Chiederò di lei al portiere. E grazie ancora.

Giulio posò la cornetta e si rimise a scrivere al computer. Avrebbe finito in fretta. L'ennesimo seguito sul delitto di Campo dei Fiori quel giorno era un pezzo di routine. Giusto per tenere viva l'attenzione dei lettori, gli aveva detto il suo capocronista. E così, da buon professionista, aveva riscritto quanto pubblicato negli ultimi giorni: spacciando per notizia nuova un particolare dell'autopsia assolutamente irrilevante. Sotto le unghie di Marianne Faraday, il medico legale aveva trovato due capelli castani. Quelli dell'assassino, naturalmente.

Dieci minuti dopo mise punto, inviò l'articolo in tipografia e guardò l'orologio: gli restava appena il tempo di chiamare un taxi e recarsi all'appuntamento che aveva chiesto all'avvocato Meschieri. In realtà non aveva ben chiaro neppure lui nella testa cosa chiedergli. Nel fissare quell'incontro aveva ceduto a un duplice istinto. Il sospetto che l'avvocato recitasse in tutta quella storia un ruolo ben più importante di quello di semplice amico di una delle vittime. E la stizza per essere stato escluso da Simona dal sopralluogo in casa di Marianne.

– Devi capire, Giulio... Non posso proprio portarti. La mia collega fa già un'eccezione per me. Rischia già grosso... Pensa un po' se scoprissero che insieme a una sua collega di corso nella casa di Campo dei Fiori, tuttora sigillata dal magistrato, ha fatto entrare anche un giornalista...

Lui aveva provato a convincerla, ma non c'era stato niente da fare. Lei era diventata improvvisamente glaciale, come il peggior sbirro che lui avesse mai conosciuto. Era svanita in un attimo l'intimità che si era creata sull'aereo, dimenticato quel saluto quasi affettuoso con il quale l'aveva accolto la mattina al suo arrivo all'aeroporto di Genova. Lo sapeva solo Dio, con quanta ansia c'era arrivato lui al Cristoforo Colombo. La notte prima ci aveva messo due ore ad addormentarsi, impregnato com'era del profumo di lei. Stordito dal ricordo dei suoi capelli biondi. Avvolto da un velo di nebbia che non sapeva quanto fosse provocato dalle birre bevute, quanto dall'entusiasmo della ricostruzione ipotetica del delitto e quanto, invece, dal desiderio frustrato. Tanto che, a un certo punto, aveva pensato di telefonarle. Aveva addirittura preso il telefono in mano dicendosi «O la va, o la spacca». Per un po' era rimasto con la cornetta sollevata ad ascoltare quel "tu-tu" ossessionante e ipnotico. Poi aveva riabbassato e aveva optato per una doccia. Quasi fredda. Se non fosse andata e avesse "spaccato", ci sarebbe rimasto davvero troppo male. Alla fine si era addormentato e non aveva sentito la sveglia. Risultato: era balzato dal letto e, dopo essersi vestito senza avere neppure il tempo di farsi la barba, si era precipitato al posteggio dei taxi. All'aeroporto era giunto quando ormai mancavano pochi minuti all'imbarco. E l'aveva vista: bellissima e riposata, lei. Quando l'aveva abbracciato aveva colto nella sua stretta qualcosa di più dell'allegria di un incontro. E si era pentito amaramente di non aver telefonato.

Il taxi lo caricò davanti all'ingresso del giornale.

– Agli stabilimenti De Paolis, per favore... Sulla Tiburtina... Il più in fretta possibile, per favore. Sono in ritardo.

Il tassinaro lo guardò con un sorriso ironico.

– Dotto', stamo a Roma! E so' le cinque der pomeriggio. Io faccio il possibile, ma... I miracoli...

Giulio annuì rassegnato. E sprofondò sui sedili lasciandosi scorrere la città davanti agli occhi. Via del Tritone, via del Corso, piazza Venezia, via Nazionale, in un tripudio di gente, colori e tubi di scarico. Non pensava che Meschieri avrebbe accettato l'appuntamento. In fondo, a lui non potevano che venirne noie. Se l'aveva chiamato l'aveva fatto solo per dare una lezione a Simona, per dimostrare a quello sbirro in gonnella che un cronista di nera non ha bisogno del permesso di nessuno per fare le sue indagini. Per un attimo lasciò correre l'immaginazione e si vide, la sera, arrivare all'appuntamento con Simona spingendo davanti a sé Meschieri.

– Eccolo, l'assassino! Ha confessato tutto. Non ti resta altro da fare che mettergli le manette. Per i particolari della storia, compra il giornale domattina.

Ghignò, mentre fuori dal taxi il traffico stava leggermente scemando nei lunghi viali che portano all'imbocco della Tiburtina. Comunque andasse, pensò, l'incontro con Meschieri per lui era già un successo. Quella sera avrebbe avuto in ogni caso qualcosa da raccontare a Simona. Se non altro qualche particolare in più sulla personalità dell'avvocato. Giusto per non stare solo ad ascoltare, visto che quel maledetto commissario certamente aveva trovato qualcosa in casa di Marianne.

– Il dottor Meschieri l'attende nel teatro di posa numero tre... È quel capannone laggiù, in fondo alla strada.

Il taxi lo aveva lasciato proprio davanti alla portineria degli stabilimenti cinematografici e lui aveva chiesto dell'avvocato con il timore che fosse già sparito. Che ci avesse ripensato. Al contrario, si sorprese dell'affabilità del custode che si era alzato addirittura in piedi quando aveva chiesto di Meschieri. Una solerzia eccessiva, da risultare perfino sospetta. Come se l'avvocato avesse dato delle istruzioni precise, magari anche allungato una mancia perché l'uomo desse l'impressione che il "dottor Meschieri" da quelle parti era uno di casa. Uno che contava.

Giulio entrò nel teatro di posa numero tre come un bambino nel mondo delle fiabe. L'enorme spazio del capannone era ritagliato in tanti piccoli ambienti. Spicchi di irrealtà materializzata: l'ingresso di un saloon accanto all'interno di un sommergibile; il pannello comandi di un'astronave, vicino alla sala delle armi di un castello medioevale. E, lo stupefacente, era che tutto sembrava abbandonato; come se lì si fossero andati accatastando tanti spezzoni di film. Senza né un ordine né una ragione. Continuò a camminare in quel mondo di cartapesta che sembrava non finire mai. Fino a raggiungere quasi l'estremità opposta della costruzione. In un angolo scorse il diafano bagliore dei riflettori che illuminavano a giorno l'interno di un appartamento borghese di fine Ottocento. Era lì, seduto su un'ottomana, che l'avvocato Meschieri assisteva al provino delle "sue" ragazze. Quando Giulio lo scorse stava parlottando con quello che quasi certamente era il regista. Una stangona dai capelli biondi a ricci stava mimando le pose di una damigella di corte.

– Dottor Leonardi venga avanti! Sono subito da lei.

Meschieri si alzò in piedi e strinse la mano del regista. Sorrise alla ragazza con l'espressione di chi assicura che tutto è a posto e uscì dal raggio dei riflettori.

Indossava un abito grigio su una camicia azzurra ravvivata da una cravatta regimental a righe gialle e rosse. Nel taschino della giacca, una pochette verde smeraldo rischiava di cadere a terra a ogni passo. Ai piedi, le immancabili scarpe di vernice nera. Un vezzo per il quale era famoso in tutti i salotti romani.

– Voleva parlarmi? Cosa posso fare per lei?

Stringendogli la mano Giulio fu avvolto da un effluvio di profumo. Un profumo dolciastro, quasi nauseante. Notò immediatamente che qualcosa era cambiato rispetto al loro primo incontro. L'avvocato era più spigliato, meno sospettoso. Apparentemente più aperto e sicuro. Troppo. Giulio decise di entrare subito in argomento. Con palese durezza.

– Sì, naturalmente. Sono venuto a disturbarla per parlarle ancora una volta di Marianne. Lei ha idea se stava ricattando qualcuno?

Meschieri rimase come impietrito. Poi prese Giulio per un braccio e, senza dire una parola, lo portò a piccoli passi lontano dal set e da sguardi indiscreti. Lo portò a sedersi in un altro mondo: sulla panchina di un falso giardino che si affacciava su un falso mare.

– Ascolti, dottor Leonardi... Se lei vedesse questa scena al cinema, penserebbe che noi due stiamo parlando proprio davanti al mare. Che questa panchina sulla quale siamo seduti è una vera panchina e che l'erba di questo prato profuma ancora di rugiada. Realtà e finzione sono difficili da distinguere, per un osservatore esterno. E io conosco troppo bene le donne per pretendere di conoscere quello che sono veramente: quello che pensano, quello che fanno, quello che vorrebbero fare. Lei mi chiede se Marianne stesse ricattando qualcuno? Se me lo chiede, evidentemente, lei sa qualcosa che io non so. È lei, dunque, che può rispondere meglio di me a questa domanda. Perché vede... Io sono solo un osservatore esterno.

Giulio tossì e cercò nella tasca della giacca una sigaretta. Meschieri l'aveva colto di sorpresa. E se da un lato ora aveva la certezza che l'avvocato stesse recitando a meraviglia una parte che si era preparata apposta appena agganciato il telefono con lui, dall'altro non sapeva come smontarlo; come fare breccia in quella metafora che aveva il sapore dello scherno. Impiegò il doppio del tempo a trovare l'accendino e una lentezza addirittura provocatoria nell'accendersi la sigaretta. Poi decise. Decise di andare fino in fondo. Di superare, anche lui, i confini della realtà. Di quella provata, almeno.

– Sì. Io so qualcosa che lei non sa. Liza Faraday, la sorella di Marianne, non è morta di overdose... È stata uccisa. Non so ancora come ma Marianne doveva aver scoperto chi era l'assassino. Per questo le domandavo di un ricatto.

– No, dottor Leonardi. In tutta onestà non potrei dire che Marianne stesse ricattando qualcuno. Però questo significa ben poco, così come poco significherebbe il fatto che ultimamente la vedevo più tesa, più nervosa, costantemente insoddisfatta. Tanto che, per la prima volta in questi anni, il nostro rapporto era diventato difficile. Abbiamo anche litigato, pochi giorni prima che l'uccidessero. E io... ho perso le staffe, lo ammetto. L'ho colpita con un ceffone che le ha lasciato il segno.

– Sì, ho saputo. È successo nel suo studio, vero?

– Dottor Leonardi, dottor Leonardi... Lei mi sta tampinando peggio della polizia. Se non mi fosse simpatico, a quest'ora la pregherei di alzarsi e di lasciarmi in pace. Ma visto che è così attento alla mia vita privata, mi rallegro di averle parlato io di questo particolare. Di averglielo confessato, per meglio dire. Altrimenti... Chissà, lei avrebbe immaginato un giardino e un mare vero. Invece è solo un episodio di cartapesta.

– D'accordo, ma Liza non è un personaggio di fantasia. O no?

– Per quel che ne so io potrebbe anche esserlo stato. Marianne me ne ha parlato poche volte e molto vagamente. La prima volta proprio quando è morta o, come dice lei, quando è stata uccisa. Io non l'ho mai conosciuta, nemmeno in fotografia.

# XXVI

Simona non era affatto tranquilla. Si rendeva conto che era sciocco da parte sua aver paura di quel baio nero attaccato alla carrozzella ferma proprio a fianco della fontana di Trevi. Oltrettutto a pochi metri di distanza c'era il vetturino, un tipo basso e grassoccio con i capelli unti, che sapeva di stalla lontano un miglio. Il classico vetturino romano. Eppure le intemperanze di quel cavallo, la innervosivano. Seduta a un tavolino davanti al bar "Giorgio", lo scalciare e gli acutissimi nitriti dell'animale le mettevano addosso uno stato di agitazione. Come se da un momento all'altro il cavallo potesse liberarsi dal giogo della carrozzella e con un balzo saltarle addosso stritolandole con un morso la mano con la quale si stava portando alla bocca il bicchiere di Aperol con acqua. Ma era quello l'unico neo di una serata stupenda. Il ponentino insolitamente tiepido faceva a pugni col calendario. Nessuno avrebbe potuto dire che si fosse a fine gennaio. Meno che meno quei cinque turisti americani che spiccavano tra la folla assiepata attorno alla fontana di Trevi con il loro abbigliamento multicolore di chiara foggia primaverile.

Simona bevve un altro sorso del suo aperitivo cercando di non guardare il cavallo e di concentrarsi sugli ultimi avvenimenti. Giulio le aveva telefonato a metà pomeriggio per fissarle quell'appuntamento serale. Lo aveva sentito teso, nervoso, forse anche un po' incazzato con lei. Simona sorrise. Non si era certo comportata bene escludendolo dal sopralluogo in casa di Marianne Faraday. Del resto non aveva potuto fare altrimenti. Ma si propose di rimediare raccontando all'amico giornalista il particolare di quelle fotografie mancanti che, lei ne era quasi certa, erano l'arma del ricatto. Tutto stava a scoprire chi ne era in possesso. Certo, non sarebbe stato facile. Ma era comunque un buon passo avanti. Del resto che in fondo Giulio non se la fosse presa più di tanto lo testimoniava proprio quell'appuntamento serale. Uno strano appuntamento, pensò Simona, per nulla galante.

– Questa sera mi vedo con il maestro De Mainardi al bar "Giorgio". Mi ha telefonato poco fa in redazione... Vuole festeggiare con me il successo di critica che ha avuto la sua *Traviata* a Genova. Gli ho chiesto se posso invitare anche te. Lui ne è stato entusiasta. Se non fosse un po' gay, penserei che hai fatto colpo anche su di lui.

Simona ripensò a quell'"anche" con un certo piacere. E stava ancora lasciandosi andare con la fantasia romanzando come un'adolescente quella strana amicizia che la stava legando a Giulio, quando dal gruppo di turisti in piazza di Trevi, vide avanzare la figura allampanata di De Mainardi.

Il direttore camminava con l'aria di chi è in pace con se stesso e con il mondo. Veniva avanti con fare deciso, eppure senza fretta. Sembrava che volesse godersi fino in fondo il piacere del successo appena ottenuto e il tepore di quella serata di mezzo inverno. Puntava senza incertezze verso il bar "Giorgio", fendendo come la prua di una nave il mare di turisti intenti a gettare monetine nella fontana. Simona ebbe la certezza di essere già stata vista quando il direttore si trovava ancora a una cinquantina di metri da lei. Approfittò di quella distanza per studiarlo. De Mainardi indossava un soprabito blu che gli cadeva a pennello, rendendolo ancora più slanciato di quanto fosse. In testa aveva un cappello a tesa larga e, attorno al collo, un'ampia sciarpa di seta bianca. Un particolare un po' retrò che fece ripensare a Simona quello che gli aveva detto

Giulio. «Se non fosse un po' gay...». Sì, d'accordo, quella sciarpa aveva qualcosa di effemminato. Eppure... Simona "sentiva" che quello era un uomo. Non avrebbe saputo dire perché, ma quella ricercatezza nel vestire, quei modi di fare un po' affettati che l'avevano colpita durante il primo incontro nel camerino del Carlo Felice, a lei sembravano solo il retaggio di un'educazione particolare. I risvolti esteriori di un'abitudine a considerare le piccole cose della vita come la costante reiterazione di un'opera d'arte. Non solo. Lo sguardo che si sentì posare addosso quando il direttore giunse a pochi passi da lei era, a pelle, insidioso. Tanto che istintivamente Simona portò le mani all'orlo della gonna, per controllare che, sedendosi, non si fosse alzata più del dovuto.

– Dottoressa Ottonello, se questo fosse un palcoscenico, lei sarebbe una splendida Manon Lescaut.

De Mainardi le prese la mano e la sfiorò appena con le labbra. Poi, sempre sorridendole, si sedette davanti a lei accavallando le gambe con l'aplomb di chi è abituato ai salotti bene.

Simona fu colpita dall'intenso profumo di lui. E provò un certo disagio nel ritrovarsi sola con quell'uomo che in fondo non conosceva affatto e con il quale temeva di non aver alcun argomento di conversazione in comune. Meno che mai la musica operistica: se De Mainardi si fosse messo a poetizzare su Manon Lescaut, lei avrebbe fatto scena muta. Maledisse Giulio che era in ritardo e aprì il volto a uno dei sorrisi più ammalianti del suo repertorio.

– Maestro, a quanto pare siamo vittime di un complotto. Il nostro comune amico giornalista ha deciso di farsi attendere come una primadonna...

– Un dolcissimo complotto, almeno per me. Il dottor Leonardi è un prezioso amico e un sensibile intenditore di musica, non c'è dubbio. Ma se con lui la bellezza è solo possibile vagheggiarla, guardando lei, la si può gustare appieno.

Simona arrossì. E mentre sentiva il suo volto avvampare, dentro di sé montava la rabbia per quella reazione stupida e infantile che non riusciva a dominare. Neppure quando aveva una divisa addosso. E si arrabbiò ancora di più quando si rese conto che De Mainardi aveva intuito perfettamente il suo imbarazzo, il suo conflitto adolescenziale e aveva virato nel discorso.

– Perdoni queste *boutade* da vecchio impenitente. Se lei è venuta a Roma lo ha fatto per ragioni molto più serie. Non certo per ascoltare le mie galanterie. Evidentemente il caso sul quale sta lavorando non è del tutto chiuso. Eppure l'altro giorno a Genova, ho letto sul giornale che aveva arrestato un ragazzo. Uno della buona società, mi pare di ricordare...

– Sì... Pietro Trenti. Ci sono parecchi indizi contro di lui... Ma prima di formalizzare l'accusa sono necessari altri accertamenti, altre verifiche. Per condurre correttamente un'indagine bisogna conoscerne a memoria tutti i particolari, anche quelli apparentemente più insignificanti. Se non ricordo male è più o meno quanto lei diceva essere necessario per dirigere un'opera: occorre, almeno, conoscerne a memoria la partitura.

– Sono lusingato di questa citazione... Ma ecco laggiù il nostro amico che sta arrivando. Chissà che non abbia in serbo per noi qualche altro "duetto" da aggiungere alla partitura del vostro giallo. Una partitura nella quale, glielo confesserò, ho eseguito anch'io un piccolo assolo...

– Sì, lo so... Giulio mi ha raccontato che lei ha dei rapporti d'affari con l'avvocato Meschieri.

– Non è quello, gentile commissario... Non è solo con Meschieri che ho avuto, come dice lei, dei rapporti di affari. Glielo confesso, anche se con un certo imbarazzo... Tanto, prima o poi, probabilmente lo avrebbe scoperto da sola. Conoscevo anche Marianne Faraday. Ho avuto anche con lei, diciamo così, dei "rapporti di affari". Capisce cosa voglio dire?

Simona stava ancora cercando di assorbire il colpo di quella rivelazione e di trovare qualcosa da replicare, quando l'arrivo di Giulio spezzò l'atmosfera di confidenza che si stava inaspettatamente creando. De Mainardi balzò in piedi stringendo calorosamente la mano al giornalista e richiamando nello stesso tempo l'attenzione del cameriere.

– Permettetemi di offrirvi una bottiglia di champagne, disse un istante dopo sedendosi.

Giulio si trattenne a stento dal salutare Simona con un bacio. Si limitò a posarle una mano sulla spalla e a rivolgerle un sorriso prima di sederle accanto. Intuì di essere giunto in un momento sbagliato. Lo lesse negli occhi di lei e ne fu contrariato. Soprattutto perché, nonostante i suoi sforzi, non riusciva a capirne il motivo.

– Scusate il ritardo, ho impiegato un'ora buona per arrivare qui dagli stabilimenti De Paolis.

– Che succede, dottor Leonardi... Ha cambiato settore? È passato dalla cronaca nera al cinema?

– Neanche per idea, maestro... Vengo da un appuntamento con uno che più che di cinema si interessa di attrici. Uno che lei conosce: l'avvocato Meschieri.

Il cameriere arrivò con una bottiglia di Veuve Cliquot Ponsardin e un vassoio d'argento con tre calici. Con gesti misurati stappò la bottiglia e, dopo aver riempito i bicchieri, la mise a riposare in un secchiello pieno di cubetti di ghiaccio.

– Come... come? Non mi avevi detto di questo appuntamento...

– E tu non mi hai invitato al sopralluogo in Campo dei Fiori. Mi aiuti lei, Maestro... Come fa quell'aria? "Per me pari son..."?

De Mainardi rise di gusto davanti a quella piccola scaramuccia. E sempre ridendo porse un calice a Simona e invitò con un gesto Giulio a brindare.

Per una decina di minuti parlarono del trionfo genovese di *Traviata*. De Mainardi ne era letteralmente rapito. Giulio si stupì nel rendersi conto di come il direttore non si fosse ancora abituato al successo. Quella non era certo la prima volta che le critiche lo incensavano. Eppure lui ne era visibilmente inebriato.

– Maestro, non ha mai pensato a farne un film di questa *Traviata*?

Fu questa frase banale pronunciata da Giulio a introdurre il discorso su Meschieri.

– Non mi sono mai piaciuti i film... Preferisco il contatto diretto col pubblico. I film sono una finzione che resta per sempre uguale a se stessa. Ogni recita, invece, è diversa, sera dopo sera. I film possono piacere a Meschieri, che di finzioni è maestro...

– È la seconda volta in un pomeriggio che mi scontro con il dualismo finzione-realtà. Poco fa Meschieri me ne ha impartito una vera lezione. Purtroppo per lui ne è uscito con le ossa rotte...

– Davvero?

Simona si fece più attenta. De Mainardi appoggiò il calice di champagne sul tavolino e posò su Giulio uno sguardo sorpreso. Il giornalista decise di godere appieno di quel suo attimo di protagonismo. Con studiata lentezza portò il bicchiere alla bocca e ne sorseggiò con piacere il contenuto. Poi, sempre con calma, raccontò nei dettagli l'incontro-scontro agli studi De Paolis.

– Spero, dottor Leonardi, che non mi abbia tirato in ballo... Che non abbia detto all'avvocato da chi ha saputo del litigio con Marianne Faraday avvenuto nel suo studio e delle foto strappate.

– Di quali foto state parlando?

Simona friggeva. Letteralmente. E stava covando un'altra delle sue esplosioni. Giulio se ne accorse notando che il suo sopracciglio sinistro era scosso da un tic: lo stesso che aveva preceduto il litigio della notte di *Traviata*. Sorrise soddisfatto tra sé. In fondo era proprio ciò che voleva: punirla per averlo escluso dal sopralluogo in casa di Marianne e, nello stesso tempo, stupirla con una notizia nuova. Ma fu De Mainardi a sciogliere l'enigma anticipandolo di un soffio.

– L'ho visto stracciare delle foto dopo aver preso a schiaffi Marianne. È stato prima del delitto. Mi sembrava un episodio di poco conto. Ma se lei, commissario, è venuta qua a Roma evidentemente...

– Evidentemente un bel niente! Le indagini sono in corso. Tutto e il contario di tutto è possibile...

La reazione di Simona era stata decisamente sopra le righe. Il direttore ne rimase sorpreso e anche un po' imbarazzato. Giulio, invece, capì che era arrivato il momento di cambiare discorso. In suo soccorso giunse una splendida finlandese che, armata di macchina fotografica, si aggirava intorno alle carrozzelle. Lo stesso baio che aveva impaurito Simona la sfiorò con un calcio facendola urlare di terrore. L'attenzione di tutti si spostò su quella scena.

– Siamo davanti a un tentato omicidio equino! – commentò allegramente Giulio. De Mainardi colse la palla al balzo e, guardando l'orologio, si alzò di scatto.

– Perdonatemi, ma devo proprio scappare. Vi lascio alle prese con questo nuovo caso. Mi impegno a non chiedere nessun particolare.

Giulio e Simona lo seguirono con lo sguardo mentre si allontanava tra la folla. Lo lasciarono scomparire dietro l'armonica struttura della fontana di Trevi prima di riprendere a parlare. Lui era certo di dover affrontare una sfuriata, certo che il commissario non avesse affatto gradito quella storia delle foto strappate che le aveva taciuto. Ma dovette ricredersi. Lei gli piantò gli occhi addosso. Severissima. Ma poi esplose in un sorriso divertito.

– Anch'io ho un "piccolo" particolare da raccontarti: ho trovato le foto del ricatto. Meglio, non le ho trovate. Fra quelle scattate a Genova da Liza, ne mancano tre. Saranno mica quelle che ha strappato Meschieri e che tu, investigatore da quattro soldi, ti sei dimenticato di dirmi?

– Non credo proprio. Meschieri mi ha detto di non aver mai conosciuto Liza. Di non averla mai vista, neppure in fotografia.

– Meschieri ti ha mentito! Non posso dire che le foto che ha strappato fossero quelle che stiamo cercando. Ma una cosa è certa: Liza doveva conoscerla per forza. C'è una sua fotografia bene in mostra sul tavolino, nell'ingresso della casa di Campo dei Fiori.

# XXVII

Giulio parcheggiò l'auto in piazza del Parlamento. In realtà più che parcheggiarla l'abbandonò tra la limousine blu di un ambasciatore di qualche stranissimo Paese sudamericano e la Mercedes di un turista tedesco. Stretta tra quei due transatlantici a quattro ruote la sua scassatissima R4 non aveva neppure la dignità di una scialuppa. Scese in fretta e chiuse con altrettanta fretta la portiera prima che un vigile arrivasse a contestargli il divieto di sosta. Quindi si incamminò verso lo studio dell'avvocato Meschieri in piazza San Lorenzo in Lucina passeggiando con calma. Per una volta era in anticipo: erano le undici e mezza del mattino, lui si era appena alzato e l'appuntamento che aveva dato a Simona la sera prima era per mezzogiorno in punto.

Una strana serata, quella che avevano trascorso insieme. Quando avevano lasciato il bar "Giorgio" erano quasi le dieci. Ma la discussione tra di loro si era così infervorata che se avevano deciso di levare le tende era stato solo per un impellente languore allo stomaco. Era stato lui a decidere di proseguire il discorso davanti a un piatto di bucatini all'amatriciana e a scegliere il ristorante: alla "Carbonara", proprio a fianco del portone di Campo dei Fiori dove aveva abitato Marianne Faraday. Una scelta che aveva fatto sorridere Simona.

– Neanche quando porti a cena una donna riesci a dimenticarti il lavoro? Con tutti i ristoranti che ci sono a Roma, mi porti proprio in uno che è a due passi dalla casa del delitto?

Giulio aveva farfugliato qualcosa di incomprensibile che si era trasformato in qualcosa di intelleggibile quando aveva salutato il padrone del locale. Il sor Oreste aveva scelto per loro un tavolino un po' defilato.

– Va bene questo, dotto'? Gli aveva domandato con aria complice. Giulio aveva fatto cenno di sì guardando subito dopo Simona e scoprendole sul viso un'aria divertita.

– Non ti dispiace se faccio credere di avere una fidanzata bella come te?

– Signor giornalista, ricordati che questa è una cena di lavoro. E poi chissà quante donne avrai portato qui, prima di me.

– Nessuna, te lo giuro! Ci vengo sempre da solo.

– Sei un bugiardo e te lo dimostro. Primo: il padrone non solo ti conosce ma ti ha accolto con un'espressione complice che può essere frutto soltanto di un'assidua frequentazione in coppia. Secondo: mi hai indicato il posto a sedere con troppa sicurezza, segno che questa sedia è normalmente riservata alle tue compagne. Terzo:...

– D'accordo! D'accordo! Confesso, commissario! Ci sono venuto qualche volta con mia mamma.

Quella battuta scanzonata aveva fatto breccia nell'umore di Simona che aveva vuotato d'un fiato il bicchiere di rosso dei Castelli brindando.

– Alla salute di tua madre!

La cena, ripensò Giulio camminando verso lo studio di Meschieri, era stata davvero piacevole. Sembrava che il sor Oreste si fosse reso conto della delicatezza della situazione e avesse dato ordine al cuoco di superare se stesso. Ai bucatini all'amatriciana, davvero splendidi, aveva fatto seguito un abbacchio scottadito da dieci e lode con contorno di broccoletti saltati in padella e piccanti al punto giusto. Per finire la zuppa inglese casereccia aveva mandato letteralmente in visibilio Simona che ne aveva preteso una seconda porzione.

– Alla faccia della linea, aveva esclamato dando l'assalto alla crema inzuppata di liquore e caffé.

Ma il menù non era stata l'unica "delicatessen" della serata. Fra di loro, infatti, si era andata ricreando quell'atmosfera di complicità che avevano vissuto in aereo. Tanto che a un certo punto si erano ritrovati a scherzare come due fidanzati veri. A scherzare col fuoco. E lui a un certo punto si era così immedesimato in questo gioco da tentare un improbabile affondo. Troppo sfacciato perché potesse andare a segno.

– Dopo cena potremmo fare un salto a casa mia.

– Scommetto che hai una collezione di farfalle da mostrarmi... O magari sono stampe cinesi?

– Non ti preoccupare... Non è una proposta amorosa. Tu mi interessi unicamente dal punto di vista professionale. E poi, commissario, a questo punto devo confessare: a me le donne non piacciono!

Il sor Oreste, che proprio in quel momento stava passando di lì con le mani cariche di piatti, aveva rischiato di inciampare sul tappeto e di andare a finire sdraiato per terra lanciando le portate in ogni dove. Di tutte le balle che ogni giorno sentiva nel suo locale, quella era certamente la più grossa. Simona lo aveva notato e si era messa a ridere.

– Vuoi dire che anche tu sei gay come De Mainardi? Ma guarda un po'! Quando si dice il caso... Anche lui, prima che tu arrivassi, mi ha fatto una confessione.

– Ma va'! Ti ha davvero confessato di essere gay?

Simona, di colpo, si era fatta seria. Aveva fissato l'ultima cucchiaiata di zuppa inglese a lungo prima di infilarsela in bocca.

– Mi ha confessato di essere stato a letto con Marianne Faraday. E ora mi domando perché mai lo abbia fatto. In fondo dire a un commissario di polizia di avere avuto dei rapporti con la vittima di un omicidio non è molto normale. E per uno come lui ammettere di andare con una prostituta non deve essere facile. Tu cosa ne pensi?

Giulio aveva capito che anche per quella sera non avrebbe battuto chiodo. Ma soprattutto si era stupito per quella confessione. Non solo avrebbe giurato sul serio che De Mainardi non avesse rapporti con le donne, ma doveva anche concordare con Simona che il comportamento del direttore era stato quanto meno strano.

Per buona parte della serata avevano continuato ad almanaccare su questo fatto. Anche perché Giulio ricordava perfettamente che in treno il direttore gli aveva parlato di Meschieri ma non aveva minimamente accennato al fatto di conoscere Marianne. D'altra parte quella sorta di autodenuncia era stata così gratuita da renderla in qualche modo al di sopra di ogni sospetto. Per di più il nome di De Mainardi non compariva affatto nell'agendina privata della prostituta uccisa. In caso contrario Giulio l'avrebbe notato quando il vicequestore Roversi gliela aveva mostrata. Ma allora che senso aveva quell'ammissione? Per quanto avessero cercato, non erano riusciti a trovare una risposta logica. E così alla fine erano tornati a centrare la loro attenzione sul mistero delle fotografie: quelle scomparse e quelle strappate da Meschieri. Potevano essere le stesse?

Giulio arrivò in piazza San Lorenzo in Lucina con un buon quarto d'ora d'anticipo e decise di aspettare Simona dando un'occhiata alle vetrine dei negozi. Era periodo di saldi e i prezzi della merce esposta avevano subito tracolli da crack in borsa. Lui ricordava perfettamente che quella giacca ora in vendita a duecento euro, prima delle feste costava esattamente il triplo.

– Ecco un vero mistero sul quale investigare – si disse.

– Stai cercando un regalo per me?

Simona gli arrivò alle spalle come per incanto. Lui si girò di scatto e si stupì nel vederla tesa, nel leggerle in faccia una fatica in così duro contrasto con l'allegria di quella battuta. Intuì che aveva avuto una mattinata difficile. E di colpo capì.

– Hai provato a incastrare Meschieri e ti hanno risposto picche!

Simona annuì.

– Complimenti, giornalista! Bell'intuito!

– Dai, racconta...

Lei non si fece pregare. Quella mattina presto era andata in questura e aveva chiesto un incontro col capo della mobile. Gli aveva fatto un quadro della situazione, stando attenta a non tradirsi: ufficialmente in casa di Marianne Faraday non era mai entrata. Aveva allineato uno dopo l'altro gli indizi accumulati sull'avvocato Meschieri. Il vicequestore Roversi era stato a sentirla con grande attenzione. Aveva anche fatto qualche domanda, chiedendole di chiarire alcuni passaggi della sua ricostruzione. Alla fine, pensando di averlo convinto, gli aveva chiesto di procurarle un mandato di perquisizione per lo studio dell'avvocato.

– E Roversi che ha fatto? Ti ha chiesto se sei scema?

– Nient'affatto. Me lo ha fatto semplicemente capire. Ha preso il telefono e ha chiamato il magistrato raccontandogli neppure un terzo di quello che gli avevo appena detto. Così si è lavato la coscienza, capisci? Il risultato più che ovvio è stato che il pm si è dichiarato contrario a "importunare il figlio dell'onorevole per una serie di sospetti non supportati da indizi concreti".

– E allora? A questo punto cosa conti di fare?

– Salire da Meschieri, naturalmente. E interrogarlo come

testimone al corrente dei fatti. Per questo non ho bisogno di alcun mandato.

Giulio la prese a braccetto soddisfatto. Quel commissario non era solo una bella donna. Stava dimostrando di saperci fare davvero. E lui, chissà perché, se ne sentì orgoglioso. Come se davvero qualcosa di più che una semplice conoscenza lo stesse legando a lei. Poi improvvisamente mise a fuoco un fatto: anche questa volta lui sarebbe stato escluso da quella visita. Ed ebbe un'impennata umoristica.

– E brava commissario Ottonello! Anche questa volta sei riuscita a fare in modo di tenermi fuori dal gioco.

– In ogni caso tu non avresti potuto salire con me dopo quello che vi siete detti ieri...

Intanto si erano avvicinati al portone dove luccicava la targa in ottone dello studio Meschieri. La portinaia li intercettò prima ancora che entrassero.

– Desiderano?

Simona esibì la tessera da commissario.

– Devo parlare all'avvocato Meschieri? È in studio?

– Mi spiace, commissario... L'avvocato non è qui. Stamattina presto è venuto ma è uscito dopo neanche mezz'ora.

– Ha idea di dove posso trovarlo?

– Mi ha detto che partiva... Per l'estero, credo. Mi spiace, ma non so dove...

– Le ha detto quando torna qui a Roma?

– No, non mi ha detto niente... Mi ho solo pregato di spedirgli una raccomandata.

– Una raccomandata? Una lettera, vuol dire?

– No, era una busta grande. Come quelle che si usano per le stampe. Torno proprio adesso dalla posta.

– Ricorda a chi era indirizzata?

La portinaia si irrigidì.

– Non ricordo l'indirizzo preciso, ma anche se lo ricordassi, non so se...

Simona non le lasciò neanche terminare la frase. Con calma glaciale la interruppe.

– Lei è liberissima di decidere: o me lo dice qui, o mi segue in questura.

Il tono non ammetteva repliche. E Giulio notò che aveva fatto il suo effetto.

– Non ricordo davvero l'indirizzo preciso. Ma la città sì: era Genova.

# XXVIII

– ...E soprattutto mi raccomando: niente colpi di testa. Le pistole tenetele nelle fondine e se qualcuno vi insulta, rispondetegli con un sorriso. Credimi, in certe occasioni fa più male di un cazzotto.

Il sovrintendente Sommariva annuì in silenzio celando dietro una maschera inespressiva la stizza che gli stava montando dentro. Non era certo la prima volta che si preparava a fare un'irruzione in una bisca clandestina, e dei consigli di quel giovane commissario poteva sicuramente farne a meno. Anche perché, avrebbe potuto scommetterci, in fatto di "perquise" la dottoressa Ottonello ne sapeva meno di lui. Per un attimo aveva avuto voglia di replicare che era molto meglio sferrare un cazzotto su una faccia sorridente che sorridere davanti a una manica di balordi che passa la sua nottata a giocarsi la grana. Ma poi si era trattenuto. In fondo a lui cosa importava? Quella sera in via dei Pescatori sarebbe stato lui a decidere che cosa fare. Rinculò quindi verso la porta tenendo stretto in mano l'ordine del magistrato. Erano le nove di mattina e aveva davanti a sé tutta la giornata per preparare la squadra all'azione.

Simona riaffondò il capo nelle scartoffie. Nei due giorni che aveva trascorso a Roma sulla sua scrivania si erano appilati decine di provvedimenti. Atti di polizia giudiziaria di scarsa importanza. Denunce di cittadini che arrivavano all'ufficio del questore, venivano dirottate chissà perché alla squadra mobile e puntualmente finivano a lei. Solo perché era il funzionario più giovane e per giunta ultimo arrivato. Scartoffie il cui contenuto poteva essere riassunto in una parola sola: grane. Grane che in quel momento le sembravano insopportabili, presa com'era dagli ultimi avvenimenti romani.

La realtà era che, appena lasciato lo studio di Meschieri, lei e Giulio si erano trovati davanti a un ennesimo muro. L'avvocato era sparito lasciando dietro di sé come unica traccia una lettera dal contenuto misterioso e della quale l'unica cosa che sapevano era che era stata inviata a Genova. Una prova in più, ammesso che ce ne fosse bisogno, che la pista che avevano seguito fino a quel momento era giusta. C'era davvero un collegamento tra l'omicidio di Marianne Faraday e quello di Giovanna Turci. E quel collegamento poteva essere solo la morte di Liza Faraday.

Lei e Giulio ne avevano discusso lungo il tragitto verso l'aeroporto. Era ormai chiaro che l'avvocato Meschieri fosse coinvolto fino al collo nella vicenda. Se no perché sparire così? Il problema era che sul suo conto non erano riusciti a trovare uno straccio di prova. Né, a ben vedere, avrebbero potuto dire a che livello il legale romano fosse implicato nei due omicidi. Erano giunti all'aeroporto in uno stato di completo scoramento. Stringendole la mano davanti alla porta numero cinque, Giulio l'aveva fissata negli occhi con l'aria di un cane bastonato.

– Siamo punto e a capo, commissario! Se non troviamo quella maledetta lettera, siamo fottuti.

Lei aveva tentato di sdrammatizzare

– Che ti succede, giornalista... Sei preoccupato perché non sai più cosa scrivere? Non è detta l'ultima parola. Se siamo arrivati fino a questo punto vuol dire che possiamo anche andare oltre. Mica è stato facile ricostruire tutta questa storia.

Una piccola tirata condita con un sorriso stentato. In fondo anche lei si sentiva a terra. Era stanca. Quella mattina aveva già dovuto subire lo smacco del negato ordine di perquisizione in casa Meschieri. E quando aveva pensato di poterlo comunque interrogare, se lo era visto sfuggire dalle mani come per incanto. Agli occhi di Giulio il suo viso stanco aveva detto certo molto di più di quanto lei avesse cercato di esprimere con le parole. Le aveva passato una mano sulla testa e prima che lei potesse schernirsi le aveva appoggiato le labbra sulla fronte in un lievissimo bacio.

– Ci vediamo questa sera a Genova, commissario. Prendo l'aereo delle sette. Al giornale mi hanno dato due giorni di ferie... Non potevo lasciarti sola proprio adesso.

Si erano salutati così. Simona si era lasciata trascinare dal fiume di persone in partenza. Giulio era rimasto ancora per un attimo a guardarla. Poi si era incamminato a sua volta verso l'uscita serbando sulle labbra il tenue profumo di lei.

Dal corridoio della "mobile" giungeva un brusio costante. Proprio quella mattina Simona aveva saputo che il suo collega della narcotici aveva appena concluso un'importante operazione. E ora negli uffici del terzo piano si alternavano decine di interrogatori. Guardò fuori dalla finestra. Le grate dell'inferriata ritagliavano un cielo a scacchi, plumbeo e carico di pioggia. Chissà se l'aereo, quella sera, avrebbe potuto atterrare o se Giulio sarebbe stato dirottato all'aeroporto di Pisa. Realizzò in quel momento che aspettava quell'arrivo con più trepidazione di quanto volesse ammettere.

Qualcuno bussò alla porta.

– Dottoressa, c'è qui un avvocato che la vuole vedere...

Il piantone si fece da parte e lasciò entrare nell'ufficio un uomo allampanato con i capelli lunghi e bianchi. Il viso squadrato, una mascella volitiva e le sopracciglia marcate. La faccia di un criminale.

– Sono l'avvocato Faraci, difendo Pietro Trenti.

Il legale gettò l'impermeabile su una poltrona, si sbottonò la giacca del completo grigio facendo guizzare una cravatta gialla a pois rossi e, senza aspettare l'invito, si sedette davanti alla scrivania. Sbracato, volgare.

– Non le dico di accomodarsi... Lo ha già fatto. Cosa posso fare per lei, avvocato Barraci?

– Faraci, commissario, con la effe e una sola erre. Lei non mi conosce... È da poco che è a Genova, vero? Ma qui in città, modestia a parte, sono abbastanza noto. Ma lasciamo stare... Sono qui per...

– Avvocato, non voglio certo insegnarle il mestiere. Ma se è venuto per perorare la causa del suo assistito non deve farlo con me. Io ho già inviato un rapporto completo al magistrato...

– È proprio per completare il suo rapporto che sono qua.

L'avvocato Faraci frugò nella sua borsa: una ventiquattrore nera in pelle di coccodrillo. Ne estrasse una grande busta arancione che fece scivolare sul ripiano della scrivania come una carta sul panno verde del tavolo dello Chemin de fer. Simona ne fissò le mani curatissime illuminate da un grosso brillante all'anulare sinistro. Contemporaneamente venne raggiunta da un acidulo profumo di dopobarba. Stava per replicare con durezza. Stava per dire che anche tutta la documentazione a difesa doveva essere consegnata al magistrato, quando sulla busta scorse il timbro postale: Roma. Dovette allora frenarsi per non prendere al volo il plico che l'avvocato le porgeva.

– L'ho ricevuta questa mattina. È anonima. Francamente non capisco cosa significhi ma vi si dice che il mio cliente è innocente... Forse solo lei può aiutarmi.

Non si era sbagliata! Quella doveva essere proprio la busta che la portinaia di San Lorenzo in Lucina aveva spedito, la mattina precedente, per conto di Meschieri. Simona la aprì con una certa emozione. All'interno c'erano tre fotografie e un breve messaggio ritagliato con lettere di giornale: «Pietro Trenti è innocente. Ecco le prove». Il commissario si mise a esaminare le tre fotografie. Erano senza dubbio quelle che mancavano da casa di Marianne Faraday. Le ultime istantanee scattate da Liza prima di morire.

Nella prima la ragazza posava sorridente appoggiata alla balaustra di un ampio terrazzo con il mare sullo sfondo. Il ramo di un pino marittimo spezzava il rosso disco del sole al tramonto. Nella seconda si alzava il sipario su un ampio salone in stile Luigi XV. Era certamente l'interno di una villa patrizia. In primo piano una splendida ottomana con accanto due poltrone. Sullo sfondo una grande tela probabilmente di un autore fiammingo sovrastava un pianoforte verticale. Un unico particolare stonava in quell'insieme austero: una bottiglia di whisky vuota, rovesciata su un prezioso tappeto persiano. Nella terza e ultima fotografia, il soggetto era ancora Liza. La ragazza aveva il viso parzialmente coperto dalla macchina fotografica. La sua immagine era riflessa in uno specchio dalla massiccia cornice dorata utilizzato per quel singolare autoscatto. L'ambiente era probabilmente quello di uno studio. Alle spalle di Liza si notava, infatti, uno scrittoio e uno scorcio di libreria. I volumi erano molto alti e riposti con cura. Un particolare dello scrittoio era stato evidenziato con un cerchiolino di inchiostro rosso. Simona cercò di distinguere di che cosa si trattasse ma l'immagine era talmente piccola e sfuocata da risultare praticamente irriconoscibile a occhio nudo.

– Non si sforzi la vista, commissario. Quello che sta osservando è un calendario. Di quelli con i fogli da strappare giorno dopo giorno. Ne ho già fatto fare un ingrandimento. Eccolo. L'avvocato Faraci estrasse dalla tasca interna della giacca una quarta fotografia e la porse a Simona. La data riportata sul calendario era quella del 29 aprile 2003.

Simona suonò il campanello. Dopo un istante sulla porta fece capolino l'agente Caputo.

– Il fascicolo di Elisabeth Faraday, per favore. Subito...

L'avvocato Faraci drizzò le orecchie.

– Ma allora lei conosce la ragazza delle foto? Chi è Elisabeth Faraday? Cosa c'entra col mio cliente?

Simona fissò l'avvocato con un viso impenetrabile.

– Ha fatto bene a venire da me. Tra un minuto, forse, potrò dirle se il suo cliente è davvero innocente.

Il vecchio legale con la faccia da assassino stava per replicare quando l'agente Caputo entrò nella stanza e posò sulla scrivania del commissario una cartellina bianca con scritto in rosso il nome di Elisabeth Faraday, una croce nera e una data: 30 aprile 2003, il giorno del ritrovamento del suo cadavere.

– Sì, avvocato. Pietro Trenti è davvero innocente. Chiederò io stessa al magistrato che sia scarcerato immediatamente.

## XXIX

Dalla finestra del ristorante la città era una coperta di luci che declinavano verso la compatta oscurità del mare. Un fermento soffocato di rumori che giungeva attutito fino alle alture. Simona stava sbocconcellando un grissino perduta in pensieri che neppure lei riusciva ad afferrare del tutto. Un rincorrersi senza senso di immagini che ne evocavano altre e altre ancora in un filo ininterrotto di sensazioni. Una sorta di ninna nanna per il cervello, libero di spaziare senza alcuna meta.

La sala del ristorante era gremita e solo perché il padrone la conosceva era riuscita ad avere un tavolo accanto alla finestra. Era affezionata a quel posto. Era stato il primo locale nel quale aveva cenato da sola appena giunta a Genova. Una cena intimissima, con se stessa, per festeggiare il suo esordio alla squadra mobile. Per questo, quando Giulio le aveva detto che sarebbe venuto a trascorrere il fine settimana a Genova, aveva subito pensato di portarlo lì. Ma lui ancora non arrivava.

Simona stava già temendo qualche problema dell'ultimo minuto quando lo vide far capolino dalla porta d'ingresso. Era, lo notò subito, affannato. Aveva evidentemente dovuto far tutto di corsa per giungere puntuale, o quasi, all'appuntamento che si erano dati. Lo osservò mentre stava chiedendo a un cameriere dove diavolo si fosse cacciata. Infine incontrò il suo sguardo mentre, con passo deciso, attraversava la sala trascinandosi appresso un borsone rigonfio sul quale aveva appoggiato il soprabito. Ed era già arrivato quasi fino a lei quando la ragazza del guardaroba gli si fece appresso e gli prese dalle mani l'ingombrante bagaglio. Giulio aveva i capelli arruffati e il nodo della cravatta allentato.

– È tutto il giorno che corro... Se non mi avesse fermato, probabilmente avrei cenato con la borsa sulle ginocchia. È tanto che aspetti?

Simona fece di no con la testa piantandogli addosso gli occhi grandi e leggermente a mandorla che lo avevano colpito il giorno del loro primo incontro nell'atrio dello Star hotel.

– No, giusto il tempo di sgranocchiare un paio di grissini. Ma siediti, cosa ci fai lì impalato...

– Ti sto osservando... Mi sembra un secolo che non ci vediamo.

Il commissario arrossì. E, ancora una volta, ebbe un moto di stizza. Quando avrebbe finito con quelle reazioni da collegiale? Si accese una sigaretta e con la mano fece un gesto di noncuranza.

– Non ci vediamo esattamente da venticinque ore e quarantacinque minuti, signor latin lover. Quand'è che la pianti di fare il cascamorto?

– Quando tu la smetterai di contare le ore in cui non stiamo insieme...

Le guance di Simona avvamparono di nuovo. E questa volta il commissario sfogò la sua rabbia addentando con violenza un grissino. Una pioggia di briciole le caddero sulla gonna e trovò il modo di darsi un contegno spazzandole via. Dalla tavolata a fianco proruppe un "urrà" assordante. Una decina di ragazzi, tutti giovanissimi, stavano festeggiando il compleanno di uno di loro. Per qualche istante la sala del ristorante si riempì delle loro voci. Impossibile continuare a parlare. Quando il festante boato si spense Simona aveva ritrovato perfettamente il suo ruolo.

– Ho novità importanti.

Giulio ci restò quasi male. In fondo, se quella sera non si

fosse parlato di lavoro avrebbe preferito. Ma la novità, per un giornalista, è come una pepita d'oro per un cercatore. Si fece serio, attento.

– Pietro Trenti ha confessato?

– Tutt'altro. Domani, anzi, uscirà dal carcere perché è innocente.

– È questa la novità?

Simona richiamò l'attenzione del cameriere.

– Ordiniamo? Se ti va, io consiglierei le troffie al pesto e un branzino alla ligure... Con olive e patate.

– Per me va benissimo. Aggiungici una bottiglia di vermentino fresco e... se non vuoi farmi incazzare sputa subito il rospo.

Il cameriere arrivò proprio mentre Simona stava ghignando. Servizievole e un po' goffo, prese l'ordinazione e sparì verso la cucina.

Giulio spense nel portacenere la sigaretta appena accesa.

– Allora, devo ordinare anche una carta bollata per fare una domanda ufficiale?

Lei pensò che ormai l'aveva fatto friggere abbastanza. Si protese verso di lui per dargli finalmente la sospirata notizia. Poi all'ultimo momento ci ripensò. In un sussurro da congiurata chiese

– Hai fatto buon viaggio?

Il barrito di lui zittì perfino i giovani del tavolo a fianco che come un sol uomo si voltarono a guardarli.

– Commissario Ottonello, se continui a fare la furba io ti strangolo. Anche la proverbiale pazienza di un giornalista ha un limite. Se non mi dici subito io...

– Ho la busta che Meschieri ha fatto spedire a Genova.

Giulio si afflosciò sulla sedia come colpito da un *uppercut*.

– Diavolo di un commissario... come hai fatto a trovarla?

– Beh, a dire il vero è stata "lei" a trovare me.

Simona gli raccontò dell'incontro con l'avvocato Faraci, del messaggio, delle tre foto e del particolare della data sul calendario. Un particolare che apriva un nuovo, inquietante scenario sulla fine di Liza.

– Capisci, Giulio? Liza è stata trovata morta la mattina del 30 aprile. E ora noi sappiamo che la sera precedente era in quella villa. Sappiamo anche che Liza non era tossicodipendente abituale. Oltretutto le foto ce la mostrano in perfette condizioni fisiche e psichiche. È quindi più che probabile che sia morta in quella casa e che sia stata poi trasportata a Cogoleto dove è stato trovato il suo cadavere. E...

– ...E se ci aggiungiamo che le foto che abbiamo adesso in mano erano lo strumento di un ricatto che è costato la vita a Marianne e a Giovanna, vuol dire che anche Liza è stata assassinata.

– Esatto! Ora non ci resta altro da fare che trovare quella villa e il suo proprietario. È indubbio che lì Liza c'era andata di sua volontà. Quindi l'assassino è qualcuno che lei conosceva e di cui si fidava.

Nel frattempo il cameriere aveva servito il primo piatto. Giulio affondò la forchetta nel piatto fumante di troffie. Ma invece di portarsele alla bocca restò per un attimo bloccato a pensare.

– Meschieri.

Simona annuì assaporando la fragranza del pesto.

Bagnato dall'amarognolo sapore del vermentino la ricostruzione del giallo si protrasse per tutta la cena. La risoluzione del mistero che li aveva fatti incontrare era lì, finalmente a portata di mano. Un mistero la cui chiave era proprio la morte di Liza. A ucciderla era stata certamente un'overdose, ma il "buco" che l'aveva provocata era stato, altrettanto certamente, il primo. E con ogni probabilità a farglielo era stata la persona che l'aveva invitata in quella villa sul mare. Un omicidio non voluto? Magari frutto di un gioco erotico andato troppo oltre? Su questo Simona e Giulio non avevano dubbi.

E allora che cosa fa un uomo che si trova in casa una ragazza di diciassette anni morta "per errore" a causa di un'overdose che lui stesso le ha procurato? Un uomo certamente importante, vista la villa di cui può disporre; un uomo che rischia di essere distrutto dallo scandalo? Decide di disfarsi del cadavere. Lo carica in auto e lo abbandona in una zona frequentata da tossicodipendenti. Pensa, così, di avere risolto il problema. Ma fa un errore. Lascia, accanto al cadavere, la borsa della ragazza. E dentro la borsa, una macchina fotografica carica. Qualcuno, in questo modo, entra in possesso di quelle fotografie, riconosce la villa, nota la data sul calendario e inizia a ricattarlo. L'uomo è alle strette, perde la testa. Paga, ma sa che non potrà farlo per sempre. Sa di avere un solo modo per uscire da quello che per lui è ormai diventato un incubo: ritrovare quelle foto e distruggerne i negativi.

A quel punto Simona e Giulio si fermarono. Ordinarono un paio di cognac come la prima sera che aveva trascorso assieme a Genova. Ora, ricostruita la trama del mistero, bastava trovare un nome a ciascun personaggio. E non era più un problema. Fu Simona a dare inizio aml gioco degli abbinamenti.

– Le foto le aveva in casa Marianne Faraday. E, guarda caso, lei ha sempre sostenuto che la sorella era stata uccisa. Non solo: è da casa sua che proprio quelle tre foto sono scomparse insieme ai negativi.

– Ammettiamo pure che abbia scoperto chi era stato a uccidere Liza. Ammettiamo che l'abbia ricattato... Ma allora cosa c'entra Giovanna Turci?

Era una domanda retorica. In realtà Giulio aveva una sua spiegazione del fatto e voleva semplicemente confrontarla con quella di Simona. Lei, ancora una volta, non lo deluse.

– Pensaci bene... è chiaro che la prima persona che l'assassino avrebbe sospettato del ricatto sarebbe stata proprio la sorella di Liza. A chi altri, se non a lei, potevano essere state mandate le fotografie? E allora è chiaro che di quelle tre fotografie Marianne doveva in qualche modo disfarsi. Avrebbe rischiato troppo tenendole con sé. Può aver pensato allora di affidarle all'unica persona che, come lei, credeva che Liza fosse stata uccisa. Cioè Giovanna Turci.

Giulio annuì soddisfatto. La fitta rete del mistero si stava dipanando. L'assassino aveva scoperto che a ricattarlo era Marianne Faraday e l'aveva uccisa. Ma in casa sua non aveva trovato l'arma del ricatto: né le fotografie, né i negativi. E sulla base dello stesso ragionamento che avevano fatto loro, era arrivato a Giovanna Turci. Ma chi era quell'uomo? Giulio e Simona si guardarono negli occhi mentre il cameriere portava loro il resto. Fu Giulio, questa volta, a rispondere per tutti e due.

– Meschieri. Le foto le aveva lui. Su questo non ci sono dubbi. Ha attirato Giovanna in una trappola e le ha recuperate assieme ai negativi. Il problema è capire perché ce le ha fatte ritrovare.

– Per non fare condannare un innocente. In fondo è pur sempre un avvocato e, del resto... chissà dove si trova in questo momento. Probabilmente non lo scopriremo mai. E lui lo sa.

## XXX

*La fuga. Ho sempre pensato che fuga fosse un atto di vigliaccheria. Ora invece so che è un atto di coraggio. Fuggire è affrontare l'ignoto. Abbandonare la certezza del presente, catapultarsi nella sfera del possibile, dell'imprevisto. C'è qualcosa di nobile nell'abbandonarsi al fluire del tempo, lontani dall'avvolgente tenerezza della quotidianità. È un valore sottovalutato, la fuga. È un continuare a reggere i fili del gioco. Tagliandoli di netto. È sapere affrontare la paura di poter precipitare senza nessuna rete. E io questa paura ce l'ho, commissario. Per la prima volta da tanto tempo, forse addirittura da quando ero bambino, ne sento la travolgente vertigine.*

*Nessuno può aiutarmi, neppure lei. Sento di avere ormai reciso ogni legame con quello che ero. Anche con quello che lei crede io sia. Il cerchio si è riunito, tutta la strada è compiuta. Io sono diventato la mia maschera.*

# XXXI

*Scarcerato un innocente.* Il titolo sulla prima pagina del "Corriere Mercantile" non lasciava spazio a dubbi. L'articolo pubblicato sul quotidiano genovese del pomeriggio riportava la notizia della liberazione di Pietro Trenti a caratteri cubitali. Il vicequestore Gianfranco Bardi ne teneva aperta una copia sulla scrivania quando Simona entrò nel suo studio.

– S'accomodi, commissario. Sono appena stato dal questore. Immagino che avrà già visto il giornale. Se non è così gliene leggo io qualche brano. Ecco qua, per esempio «...Il figlio dell'armatore Armando Trenti ha lasciato ieri il carcere di Marassi dove era stato rinchiuso ingiustamente quattro giorni fa... Svanita in una bolla di sapone l'assurda accusa di omicidio formulata dalla polizia... Il mistero sul delitto Turci rimane fittissimo e la polizia non sembra in grado di fare luce né sul movente né sull'assassino... Le manette facili della squadra mobile diretta dal vicequestore Gianfranco Bardi...».

Bardi abbassò il giornale, si sfilò gli occhiali a mezzaluna, congiunse le piccole mani femminee e piantò su Simona due occhi di fuoco.

– Devo continuare, commissario?

Simona, che per tutto il tempo era rimasta in piedi, decise di passare al contrattacco. Con apparente tranquillità spostò la poltrona che troneggiava davanti alla scrivania del suo capo e si sedette accavallando le gambe inguainate in un paio di calze nere.

– Ho letto, ho letto. L'unica cosa che non c'è scritto è che è stata proprio la polizia a scagionare Trenti. Se lei oltre ai giornali del pomeriggio, la mattina leggesse i miei rapporti, saprebbe che senza di me il figlio del commendator Trenti sarebbe rimasto in cella ancora per un bel po'. Non è stato certo quell'avvocato dalla faccia da assassino a farlo uscire di galera...

– Commissario Ottonello, dopo venticinque anni di servizio non credo di avere bisogno che lei mi insegni il mestiere. Conosco perfettamente il suo rapporto. L'ho letto con grande attenzione e con altrettanta paura. Se lei prima di perorare la causa di Trenti col magistrato mi avesse informato, avrei fatto in modo di evitare tutto questo casino... Perdoni la parola. Ma il questore il culo l'ha fatto a me.

– Senta, Bardi. Io ho fatto quello che dovevo fare. C'erano pesanti indizi sul conto di quel ragazzo e l'ho arrestato. Non si dimentichi che lei stesso mi aveva fatto i complimenti. Poi nell'inchiesta ci sono stati degli sviluppi tali da vanificare ogni accusa. E io l'ho scritto nel mio rapporto. Lei cosa mi vorrebbe dire, adesso? Che avrei fatto meglio a lasciarlo dentro? Non è a queste condizioni che io ho deciso di fare la poliziotta. Ma se è così che si deve fare, se è così che lei intende la professione, ebbene io sono pronta a dare le dimissioni anche subito.

Bardi, uomo dal fisico esile e di ancor più minuto carattere, rimase per qualche istante interdetto. Convocando Simona Ottonello aveva pensato di inscenare una classica "cazziata". Di quelle alle quali lui si era abituato in tanti anni di amministrazione dello Stato. Ora si trovava davanti a una donna dal carattere troppo deciso per le sue abitudini. E si sentiva spiazzato. Non sapeva più come proseguire. Proprio in quel momento la porta del suo ufficio si spalancò.

– Gianfranco, volevamo salutarti...

Nel riquadro formato dagli stipiti bianchi comparve l'avvocato Faraci. Alle sue spalle il viso tirato di Pietro Trenti. Bardi si sentì morire. Si alzò in piedi come un automa tendendo verso l'avvocato una mano sudaticcia.

– Caro Arcangelo... Un attimo solo! In questo momento...

Non riuscì a dire altro. Dribblando il fisico allampanato del suo legale, Pietro Trenti irruppe nell'ufficio puntando deciso verso Simona. A un passo di distanza si fermò di scatto. Aveva i capelli spettinati, gli occhi segnati e la barba incolta. Ma il suo volto si aprì in un sorriso cordiale.

– Grazie! Grazie commissario per avermi creduto. Al termine del nostro colloquio in carcere non ero sicuro di averla convinta... Temevo che lei mi credesse davvero colpevole, che avrebbe lasciato che la legge facesse il suo corso. Il mio avvocato mi ha spiegato che è solo grazie a lei se sono libero... Fuori mi aspettano i giornalisti: lo dirò anche a loro.

Simona si alzò in piedi e strinse la mano protesa del ragazzo. Era cambiato, Pietro Trenti dal pomeriggio in cui l'aveva conosciuto. Paradossalmente quella storia, forse, gli era servita. Lo aveva fatto crescere.

Il vicequestore Bardi come una statua di sale era rimasto impietrito davanti alla porta. L'avvocato Faraci aveva invece assistito alla scena con un sorriso ironico dipinto sul volto. Quell'imbecille di Trenti gli aveva appena sottratto di mano la possibilità di vantare un credito con il capo della Mobile. Arrivando in questura aveva già bell'e pronto un discorsetto: «Non ti preoccupare, Gianfranco... Ti cavo io dai pasticci con la stampa. Vedrai che tutto s'aggiusta. Siamo amici di vecchia data, o no...». E subito dopo avrebbe accennato a quella perquisizione che la sera prima la polizia aveva fatto in una bisca del centro e dove erano stati trovati alcuni suoi clienti. Della serie: una mano lava l'altra.

Quando Simona rientrò nel suo ufficio il telefono squillava da un po'. Lei sollevò la cornetta e rispose con voce stanca.

– Commissario Ottonello, squadra mobile...

Dall'altra parte del filo la voce di Giulio le giunse come l'attacco stonato di un'orchestra.

– Hai letto il giornale?

Ebbe voglia di riattaccare.

– Sei la seconda persona che me lo chiede nel giro di dieci minuti. Cos'è? Un'inchiesta Doxa?

Giulio capì che era meglio cambiare argomento.

– Senti, perché non esci di lì e ci vediamo? Ho appena ricevuto un invito da De Mainardi. Dice se andiamo a prendere il the a casa sua, a Zoagli... È tornato a Genova per le repliche di *Traviata*. Ah, a proposito... Ha letto anche lui i giornali.

Simona rimase per qualche istante incerta. Poi pensò che respirare un po' d'aria della riviera le avrebbe fatto solo bene. Al diavolo Bardi, la questura e i questori. Il caso Turci poteva aspettare fino a domani.

– Sono senza macchina...

– Non c'è problema. Ti passo a prendere fra dieci minuti. Un collega del "Secolo XIX" mi ha prestato la sua macchina.

– D'accordo.

Lasciò cadere la cornetta e si sedette alla scrivania, la testa fra le mani. Chiuse gli occhi e provò a rilassarsi concentrandosi sul suo respiro. Un quarto d'ora dopo era ancora nella stessa posizione quando suonò l'interfono: era la portineria che l'avvisava dell'arrivo di Giulio.

Impiegarono quasi quaranta minuti per arrivare a Zoagli. La casa di De Mainardi era una splendida villa in stile Liberty con un grande giardino affacciato sul mare. Il cancello in ferro battuto era aperto. Entrarono e percorsero i pochi metri che li separavano dall'ingresso della casa. Sotto i loro piedi la ghiaia bianca del vialetto scricchiolava rassicurante. Anche la porta della villa era semplicemente accostata. In ogni caso si fermarono e suonarono il campanello. Dall'interno non giunse nessuna risposta. Giulio spinse il pesante battente in noce levigato.

– È permesso?

Si ritrovarono in un ingresso dai soffitti altissimi con le volte affrescate a botte. Uno scalone in marmo rosa conduceva al piano superiore. A sinistra una porta ad arco introduceva a un ampio salone. Vi entrarono. Il prezioso parquet in legno d'ulivo era in gran parte coperto di tappeti persiani. Al centro della sala un'ottomana in stile Luigi XV e due poltrone. Sullo sfondo, un quadro d'autore fiammingo sovrastava un pianoforte verticale.

– Giulio!

– Cosa c'è?

Simona era rimasta impietrita al centro della stanza. Quello era il salotto fotografato da Liza Faraday, ne era certa. Nella stanza a fianco una finestra sbatté con violenza. Simona estrasse la pistola. Lui la fissò senza capire e in silenzio la seguì nel disimpegno che si apriva su un ampio terrazzo. Un pino marittimo sovrastava una balaustra di marmo e si stagliava contro il sole al tramonto. Le onde del mare, trenta metri più sotto, si frangevano in una nuvola di schiuma bianca. Giulio ripeté.

– Cosa succede? Cosa significa quella pistola?

Simona lo fissò sbigottita.

– È in questa villa che è stata uccisa Liza Faraday... È qui che ha scattato le foto usate per il ricatto.

Attraversarono il terrazzo per raggiungere un'altra porta-finestra, quella che avevano udito sbattere. Entrarono in un piccolo studio e scorsero le loro immagini riflesse in uno specchio dalla cornice dorata. Simona avanzò di un passo. Accasciato sulla poltrona dietro un piccolo scrittoio il corpo di Gianluca De Mainardi giaceva privo di vita. Ancora infilata nel braccio sinistro scoperto fino al gomito, una siringa da insulina. Ai suoi piedi, le tre bustine di cellophan che avevano contenuto la droga. Un suicidio da overdose, non c'erano dubbi. Perché nessuno, neanche il tossicomane più incallito, si sarebbe iniettato in vena tre dosi contemporaneamente se non per uccidersi.

Simona e Giulio si avvicinarono allo scrittoio. Sul ripiano, accanto a un calendario con i fogli da strappare, una serie di lettere mai spedite:

«La scala che conduce alla gloria ha alcuni gradini sbreccati. Saltali...».

## XXXII

L'avvocato Paolo Meschieri rientrò in Italia due mesi dopo dal Guatemala dove aveva trascorso una lunga vacanza. Nei suoi confronti non venne aperto alcun procedimento giudiziario, né lui confessò mai ad alcuno di aver ricattato con una serie di lettere anonime Gianluca De Mainardi inviandogli copia delle foto che aveva rubato a Marianne Faraday. Si era infatti accorto che le istantanee di Liza erano state scattate, il giorno prima del ritrovamento del suo cadavere, nella villa del direttore d'orchestra. Una villa che l'avvocato romano conosceva bene perché stava cercando di venderla su incarico dello stesso proprietario.

Simona Ottonello riuscì a dimostrare che a uccidere le tre donne era stato Gianluca De Mainardi. Nel caso di Liza si era trattato di un assassinio non voluto: il musicista, al termine di una serata galante nella sua casa di Zoagli, l'aveva convinta a provare l'ebbrezza dell'eroina. Marianne Faraday, prima, e Giovanna Turci, poi, erano state uccise perché ritenute erroneamente artefici del ricatto. Cadute le accuse contro Pietro Trenti, fuggito all'estero l'avvocato Meschieri, De Mainardi si era sentito perduto. Sconvolto da una tensione psichica che aveva ormai passato il limite della sopportazione, si era ucciso.

Simona e Giulio non scoprirono mai l'origine di quel messaggio che aveva consentito loro di collegare il delitto della prostituta romana a quello della studentessa genovese. Un mese dopo la soluzione del caso, una bidella del liceo artistico trovò sotto il ripiano del banco di Giovanna Turci un pezzo di foglio di quaderno. C'era scritto: «Con la morte di Liza ho per-». La fine di quella frase, la chiusa di una lettera di Marianne alla compagna di liceo della sorella morta, era finita casualmente nelle mani di Pietro Trenti: «-so proprio tutto. Marianne». Giovanna aveva strappato quel foglio per dare al ragazzo il suo numero di telefono. La bidella aveva gettato via l'ultimo tassello del mistero.

# Indice

# Liguria in Giallo

## I SERIE

1. B. Morchio Bacci Pagano – Una storia da carruggi

2. M. Masella Morte a domicilio

3. A. Caron La ragazza con il cane al guinzaglio

4. M. Branchi Trittico del tempo

5. F. Uberto Partita doppia – I platani di Villa Albaro

6. M. Cennamo R. Aufheben – Un Torquemada in Albenga

7. C. Bo Balbiquattro

8. C. Musso Delitti dal Vangelo secondo Giovanni

9. M. Masella Il dubbio

10. A. Caron L'anziano ficcanaso

# PROSSIMA USCITA

II SERIE

Finito di stampare nel maggio 2006
DALLA TIPOGRAFIA ME.CA - RECCO - GENOVA
PER CONTO DELLA FRATELLI FRILLI EDITORI SRL - GENOVA